AF236854

Terrence McNally tanzt keinen Tango mit toten Fischen auf Balkonen. Die Gespenster der Vergangenheit haben das Drama im Umzugskarton überlebt. Bereits in „Harmony Place" waren alle Werte bildenden Prinzipien auf dem Hinterhof der amerikanischen Gesellschaft über Bord gegangen, jetzt hat der Autor seiner Allegorie über die Schönheit von Schuld ein norddeutsches Update aufgespielt und die Pflöcke des sozialen Raubbaus in Dithmarschen eingeschlagen: „Terrence McNally tanzt keinen Tango mit toten Fischen auf Balkonen" verhandelt in der Überschreibung den globalen Klimawandel, ein hanseatisches Rote-Armee-Trauma und die spalterischen Kräfte einer schleswig-holsteinischen Separatistenbewegung selbstredend mit. Während die zu bluttriefenden Darkrooms in Wellblechbauweise umfunktionierten Airstream-Klitschen langsam zwischen Kögen, Deichen und Entwässerungskanälen eines runtergerockten Westerndorfes abzusaufen drohen, bespielt sie das Personal im Schatten futuristischer Windparks und unter dem Phlegma prekärer Lebensverhältnisse letztmalig als Druckkessel von patriotischen Debatten und völkischen Ausgrenzungsfloskeln.

Nahe der fiktiven Gemeinde Brunsburenkoog sorgt das rituelle Menschenschlachten für ein bizarres Revival des authentischen Wirgefühls in den Grenzen der Metropolregion Hamburg. Die Konfektionierung des leidvollen Sterbens für den digitalen Weltmarkt ist den Zynikern von Eider und Elbe ihr Handwerk, die Ästhetisierung des Hinscheidens das Ziel. In der Widersprüchlichkeit der Figuren, der Unschuld ihrer Gedanken und der Hässlichkeit der Orte zeigt das Böse seine Fratze, gleichzeitig verbergen sich in den skurrilen Betrachtungen über das platte Land - ganz so, wie wir es von Herget gewohnt sind - ein grotesker Charme und eine darüber hinausgehende Wahrheit.

Das Stück verdankt seine Entstehung dem Autorenwettbewerb „Große Freiheit Schreiben", den das Ohnsorg Theater Hamburg 2021 initiierte.

Thomas Herget wurde 1964 in Frankfurt am Main geboren. Neben seinem Studium in Darmstadt publizierte er für Zeitungen im deutschsprachigen Raum. Es folgten literarische Förderpreise und Stipendien. Journalistische Tätigkeiten unter anderem für taz, Frankfurter Rundschau und Passauer Neue Presse. Heute verfasst er Film- und Theaterrezensionen, zeichnet für das Bühnen-Ressort eines Magazins verantwortlich und schreibt für Hörfunk und Theater. Er lebt in der Nähe von Kiel.

„Die Zeit verwandelt uns nicht. Sie entfaltet uns nur"
Max Frisch

Thomas Herget

Terrence McNally tanzt keinen Tango mit toten Fischen auf Balkonen

Norddeutsches Drama in elf Bildern

Das Stück entstand im Frühjahr und Sommer 2021.
Die Erstausgabe erschien 2021 bei BoD - Books on Demand.
Alle Rechte vorbehalten, insbesondere das der Aufführung
durch Berufs- und Laienbühnen und das des öffentlichen
Vortrags, auch einzelner Abschnitte.
Diese Rechte sind nur vom Rechteinhaber zu erwerben.
Umschlagmotiv von Rhino Press.

Veröffentlicht als Paperback bei BoD, 2021.
Alle Rechte vorbehalten.
Copyrigt © 2021 Thomas Herget/Rechteinhaber.
Illustration und Gestaltung: Rhino Press.
Die Deutsche Nationalbibliothek verzeichnet diese Publikation
in der Deutschen Nationalbibliografie.
Detaillierte bibliografische Daten sind im Internet über
http://dnb.dnb.de abrufbar.
Herstellung und Verlag: BoD - Books on Demand, Norderstedt.
ISBN: 978-3-7543-4929-8

Inhalt

Terrence McNally tanzt keinen Tango mit toten Fischen auf Balkonen

Personen

NELLIE
WINSTON
JEHOVAH
NONO
DER SCHMUSER, *Parkbetreiber, der zudem vorgibt,*
Terrence McNally zu sein
STUMMES MÄDCHEN
WEIBLICHE RADIOSTIMME, *Off-Sprecherin*

Zeit und Ort

2020. Nach dem 3. November. Inmitten einer geister-
haft verrotteten Westernstadt in Dithmarschen, die ihre
Bewohner zu einem Trailer Park umfunktioniert haben,
schon da sie insgeheim davon überzeugt sind, in West Virginia zu leben. Vielleicht weil dort die traurigsten Ameri-
kaner zuhause sind.

Die Pausen zwischen den einzelnen Bildern werden mit
Kurzfilmen über Heuschreckenplagen überbrückt. In den
episodischen Einspielungen sind zumeist alles vertilgende,
kannibalisch kopulierende Insekten zu sehen, in den To-
talen verdunkeln sie in Schwärmen den Himmel. Apoka-
lyptische Schreckensszenarien biblischen Ausmaßes, unter-
malt mit polyphoner Musik von György Ligeti oder Philip
Glass. Die spärlichen Regieanweisungen im Text dürfen als
Aufforderung an die Spielleitung verstanden werden, insze-
natorische Leerstellen überbordend zu füllen.

Auf dem Gelände einer Wohnwagensiedlung. Auf Me-
tallstangen aufgebockte Behausungen aus Wellblech.
Inmitten verbeulter Airstream-Wohnwagen auf platten
Reifen stechen hölzerne Saloon-Remisen inmitten eines
gespenstisch verlassenen Westerndorfes hervor. Ein trost-
loser Ort. Die Außen- und Innenbereiche gehen ver-
fallsbedingt fließend ineinander über, auf dieser Bühne
wirkt alles wie im Umbau, stilisiert und angedeutet. Im
Hintergrund zeichnet sich - als Diorama-Pastiche einer
plattdeutschen Landschaft - ein futuristischer Wind-
park ab, der im Verlauf der Inszenierung im jeweili-
gen Licht der Tages- und Nachtzeiten erstrahlen wird.

Habseligkeiten und Dinge des täglichen Bedarfs türmen sich zu kleinen Halden, Metallfässer ragen aus einer Erdmulde heraus. Nellie und Winston neben ihrem Bestand an Propangaskartuschen. Er malt, sie versucht erfolglos, den Schallplatten-Tonarm an den Anfang eines Liedes zu platzieren. Etwas entfernt Jehovah und Nono, schweigend im Halbdunkel. Licht immer nur dort, wo gesprochen wird.

EINS. SPÄTNACHMITTAGS.
NELLIE UND WINSTON

Beide im Pyjama, die Haare verstrubbelt. Nellie sucht auf der Platte „Metals" noch die Spur mit dem Anfang von „Graveyard", findet aber immer nur das Ende von „The Bad in Each Other".

NELLIE Ab Mitte fünfzig ist es vorbei. Mit der Motorik. Die Hände.

WINSTON Ich find meinen Strich fabelhaft. Nellie, schau auf meine Hände! Sind das nicht Künstlerhände?

NELLIE Winston, erinnerst du dich, wie ich die Nadel in den Rillen einst zum Tanzen gebracht habe? Wie besoffen muss ich alte Kuh da gewesen sein?

WINSTON Junge Kuh, Nellie.

NELLIE Ich versteh, wenn die Zahnärzte in den besten Jahren in Rente gehen. Wer will denn wegen ner ruhigen Hand ständig betrunken in der eigenen Praxis rumtorkeln?

WINSTON Rille heißt es korrekt.

NELLIE Bitte?

WINSTON Es gibt nur eine pro Seite. Leslie Feist wird dir zuliebe keine Ausnahme gemacht haben. Eine Rille, tausend Versprechen. Das Mirakel der Schallplatte. Die göttliche Leslie.

NELLIE Warum bist du bloß ein so verdammter Dandy? Winston, oh Winston. Dann dreht sich die Musik eben dieses eine Mal im Kreis herum. Stundenlang. Tagelang. Bis der Saphir alle Töne aus dieser verdammten Rille gekratzt hat. Deiner Rille! Aber weißt du was? Es wird immer Musik bleiben. Spurenelemente von Schallereignissen im nicht hörbaren Bereich. Homöopathisch. Man muss sein Ohr nur ganz dicht an den Tonabnehmer halten. Wer, außer Leslie, würde das wohl hinkriegen, hm? Was glaubst du? Sie ist die Beste. In allem, was sie tut. War sie immer. Dabei hat sie nicht das Privileg eines großen Namens. Ihre Eltern waren keine Diplomaten oder so etwas. Nicht im Traum hätten die ihrer Tochter den Namen einer adipösen Kriegsberichterstatterin aufgepappt!

WINSTON Offensichtlich zwang er die Nazis in die

Knie.

NELLIE Guderian ließ seine Panzer stoppen. Achtzehn Kilometer vor Dünkirchen. Dieser fette Lurch von Churchill hatte mehr Glück als Verstand. Sein Heldenmut basierte auf der Güte seiner Gegner. Winston, hast du mal seine Bücher gelesen? Dieses trockene Abarbeiten an Hitler. *Äfft ein Gähnen nach.* Hast du neulich nicht gesagt, dass Bob Dylan den Literaturnobelpreis im Grunde nicht verdient hat?

WINSTON Weiß nicht.

NELLIE Der gehörte wenigstens nie zu den Eliten. Stand stets am Rande des Feldes und netzte am Ende instinktsicher ein. Da war nie Protektion im Spiel. Oder Berechnung, verstehst du? Der war eben keine Erwartungshaltungsbestätigungsmaschine.

WINSTON Hört, hört. Spricht jetzt die Frau, deren Eltern nichts Besseres einfiel, als die Tochter nach der ersten Gouverneurin der Vereinigten Staaten zu benennen? Ziemlich anmaßend, wenn du mich fragst. Du musst als Baby bereits mächtig Eindruck hinterlassen haben.

NELLIE Und? Wohin hat es mich gebracht? Hast du mal aus dem Fenster gesehen? Durch diesen trüben Acryldeckel hier, an dem man im Winter von innen das Eis abkratzen muss, um dahinter den Verfall eines ganzen Landes zu erahnen?

WINSTON Ich bin nicht schuld, dass dein verdammter Verlag Pleite gegangen ist. Ich trage keine Verantwortung, dass das Berufsbild des Lektors Schaden genommen hat. Dass keine Sau mehr anspruchsvolle Publizistik in die Hand nimmt, geschweige denn Publizistik überhaupt mit etwas Befähigtem assoziiert. Vielleicht gehst du mal ins literaturwissenschaftliche Seminar deiner alten Uni und fragst diese politisch korrekten Kinder, warum sie nicht mehr lesen. Möglicherweise halten sie Eugene O'Neill für den neuen Running Back bei den Pittsburgh Steelers. Erzähl mir bitte nicht, dass es dich nicht mit Stolz erfüllt hat, als sie dich mit Nellie Tayloe Ross verglichen und dir den roten Teppich ausgerollt haben. Schaut her, da kommt Nellie, unsere universitär dekorierte Medienikone! Und einen großen Namen trägt sie außerdem! Hallo, so wurde doch getuschelt? Auf den düsteren Fluren, in der Mensa, wenn ich mich richtig erinnere. Hat man dir dort bis zuletzt nicht den sonnigsten Fensterplatz freigehalten? Eine Spur zu servil, finde ich. *In Erwartung einer Reaktion, während sie schweigt.* Ewigkeiten her, meinst du? Okay, aber du wirst jetzt nicht behaupten wollen, dass du deine steile akademische Karriere den Segnungen der modernen Kieferchirurgie zu verdanken hast?

Nellie ist etwas erschrocken, weil sie die Nadel punktgenau aufgesetzt hat. Jetzt „Graveyard". Diesmal von

Anfang an. Sie bewegt sich ulkig und ungelenk dazu, mit geschlossenen Augen: The graveyard / The graveyard / All full of light / The only age / The beating heart / Is empty of life / Dirt and grass / A shadow heart / The moon sails past / Blood as ice is / And empty crises / Lonely lies.

Sie dreht lauter: Whoa-ah-ah ah-oh-ah / Bring 'em on back to life / Whoa-ah-ah ah-oh-ah / Bring 'em on back to life / Whoa-ah-ah ah-oh-ah / Bring 'em on back to life / Whoa-ah-ah ah-oh-ah / Bring 'em on back to life.

Winston geht zum Plattenspieler. Zieht den Stecker. Keine Musik.

NELLIE *empört* He! Was ist denn?

WINSTON Mein Strich. Er braucht Ruhe.

NELLIE Ruhe für dieses Gekritzel hier?

WINSTON Stille ist das Futter für eine ruhige Hand.

NELLIE Ich weiß nicht, ob es dir aufgefallen ist, aber wir wohnen nicht mehr in Marina District. Keine Fernblicke auf den Palace of Fine Arts und die Golden Gate Bridge. Wir vegetieren im Nirgendwo. In der Nähe eines Nests, in dem die übergewichtigsten Menschen des gesamten Landes zuhause sind.

WINSTON Was du nicht sagst.

NELLIE Jedenfalls werden mir die gekiesten Auffahrten zu den Vorgärten der Villen in nostalgischer Erinnerung bleiben. Ich hatte mich gerade an die blühende Hortensien-Hölle gewöhnt, Winston, kannst du dir das vorstellen? Die Anzahl der Leute, die ihre verwöhnten Kinder in mähdreschergroßen Pick-Ups zu irgendwelchen Privatschulen chauffieren, ist hier natürlich weit überschaubarer. Manchmal denk ich, es macht dir nichts aus, dass du nicht mehr als Professor für Althebräisch und Geschichte arbeitest, sondern touristische Panoramen für ein Schmerzensgeld malst, das dir eine chinesische Heuschrecke überweist. Aber die französischen Oldtimer mit hydropneumatischer Federung in diesen klimatisierten Tiefgaragen, die fehlen dir doch? Winston, ich sag das jetzt nicht, um dich zu demütigen, aber was uns als Mobilitäts-Highlight geblieben ist, ist ein hippieskes Fahrrad. Ein unrund laufender Drahtesel, zusammengehalten von Rostschutzfarbe, an den streunende Köter pissen.

WINSTON Neulich hab ich den Mount Mitchell geschrumpft. Um hundert Meter.

NELLIE Du hast was?

WINSTON Den höchsten Berg der Appalachen. Ein echtes Wagnis, ne astreine Manipulation. Ich hab auch schon Skigebiete eingezeichnet. In Regionen, in denen es seit siebzig Jahren nicht mehr geschneit hat.

NELLIE Echt jetzt?

WINSTON Steinbrüche in smaragdgrüne Seenlandschaften zu verwandeln, das sind natürlich Play-Off-Spiele.

NELLIE Und was ist der Super Bowl?

WINSTON Bahnstrecken. Auch Straßen. Straßen sind schwierig, weil hinlänglich bekannt. Die Ausflügler kennen die. Die Städter, klar. Kennen jedes Motel, jeden Drive-in. Selbst die Japsen. Gerade die Japsen. Haben keinen Sinn für die romantischen Trails, die einstige Proklamation zwischen Indianern und britischen Siedlern. Dieses Karaoke-Virus ist gewiss ein Schmarotzer. Es nutzt die amerikanische DNA wie einen Wirt. Aber diese Bakterie ist clever. Sie tötet ihren Wirt nicht. Sie verbleibt in ihm und verbreitet munter Anomalien. Highspeed-Mutanten allerorts.

NELLIE Mutantinnen.

WINSTON Fang nicht auch noch an.

NELLIE Du hättest ihr nicht an die Pflaume fassen dürfen.

WINSTON Ich habe ihr nicht an die Pflaume gefasst.

NELLIE Es gibt Bilder. Das Internet.

WINSTON Keine Ahnung, wer so etwas macht. So eine perverse Sau.

NELLIE Ein Leben wie eine einzige Flucht. Erst vor anderen. Dann vor uns selbst. Wann hat das eigentlich angefangen? Mit diesen Phantasienamen? Den schillernden Biografien wie aus nem Universallexikon? Seither tauchen Bonny und Clyde in meinen Träumen als spießige Handlungsreisende auf.

WINSTON Ich hab sie noch fallen sehen. Die Schlitze. Die Treppe. Der Schrei. War blitzartig bei ihr, wie von der Tarantel gestochen.

NELLIE Die fernöstliche Provenance ist dir nicht aufgefallen?

WINSTON Warten Sie, geben Sie mir ihre Hand, sag ich noch. Aber sie will, dass ich zuerst den Krimskrams zusammenklaube, den Plunder, der ihr aus dem Rucksack geplatzt ist. Spiegel, Kajalstift, Kugelschreiber, Pfefferspray -

NELLIE - Kondome.

WINSTON Himmel, ja, vielleicht. Vielleicht auch Kondome.

NELLIE Und dieser Plunder, wie du ihn nennst, lag leichthin genau unter ihrem Rock, in direkter Nachbarschaft zu ihrer Muschi?

WINSTON Aber nein, wo denkst du hin? Nellie, du kennst die Saybrook University. Die kann ein dunkler Ort sein, holla, vor allem für Nicht-Humanisten. Das ganze mittlere Stockwerk war praktisch ein Trümmerfeld, übersät mit dem bewährten Instrumentarium des weiblichen Nahkampfes -

NELLIE *anknüpfend* - den du sicher dankend angenommen hast.

WINSTON Ich kann mich an kein Smartphone erinnern, Himmelsakrament. In Ordnung, da lag etwas Metallenes herum, ein USB-Stick in meiner Erinnerung, vorne mit ner Schutzkappe drauf. Eine kleine schwarze Kappe, wenn es dich beruhigt.

NELLIE Es gab Fingerabdrücke. Überall. Auch auf dem Smartphone. *Streng.* Ihrem iPhone. Sagt die Richterin. Du hattest deine Hände schon damals nicht unter Kontrolle. Ich dachte, wir hätten diese Neigung langsam im Griff.

WINSTON Verschwommene Aufnahmen, was sonst! Da war nicht die Bohne drauf zu sehen. Nicht das Geringste. Nix. Negerküsse im Tunnel. Selbst das Ungeheuer von Loch Ness hatten sie detailreicher im Kasten.

NELLIE Den Schlitz der Schlitze. Den hat sie den Geschworenen genüsslich vorgelegt, die Richterin. Als Vergrößerung. Papier. DIN A3. Die kriegten richtige Stielaugen, die Geschworenen.

WINSTON Glaubst du, für mich ist das nicht erniedrigend? Seit Jahren erdulde ich jetzt kriecherisch deine Rache wie ein verschwörerisches Kompensationsgeschäft. Denkst wohl, ich hab es nicht bemerkt?

NELLIE Weiß nicht, wovon du sprichst.

WINSTON Nicht unter der Dusche. Das war der Deal. Keine Pimmelbilder, kein kompromittierender Livestream, schon mal drüber nachgedacht? Diese Bezahlschranke macht uns nicht reich, Nellie, sie fleddert unsere Seelen.

NELLIE Der Deal? Winston, ich weiß eigentlich nicht, wann wir in Vertragsverhandlungen eingestiegen sind. Gehören dazu nicht Partner auf Augenhöhe? Wer hat dir denn den Floh mit der Dusche ins Ohr gesetzt? Nono?

WINSTON Ich nenn keine Namen. Es sind schließlich deine Freunde.

NELLIE Nono. Also doch.

WINSTON Der soll mal ein Auge auf seinen Ablauf werfen. Sag ihm das mal. Ihr Trailer schaukelt wien Elbkahn in dieser stinkenden Jauchegrube. Sein Freund hat ja zwei linke Hände. Die schwule Sau.

NELLIE Finger weg von diesen Asiatinnen! Habe ich das nicht gesagt? Keine Grillen. Winston, schau mir mal in die Augen! Viertausend Jahre gelebte Kulturgeschichte, hörst du? Die lassen sich auch mit nem neuen Präsidenten nicht einfach ausradieren. Musste schon Dschingis Khan begreifen.

WINSTON Jetzt biste bei den Mongolen gelandet. Meinst wohl Marco Polo?

NELLIE Menschen, die ihre Freizeit als lebende Presswürste in stickigen U-Bahnwaggons verschlafen, stehen den Segnungen der Aufklärung jedenfalls nicht gerade amüsiert gegenüber, das sag ich dir.

WINSTON Okay, sind wir fertig?

NELLIE Ja.

WINSTON *schaut an sich und seinem speckigen Schlafanzug herunter.* Umziehen müssen wir uns gottlob ja nicht mehr. Was kommt denn heute Abend im Radio?

ZWEI. ABENDS.
JEHOVAH UND NONO

Vor ihrem Trailer. Beide in Liegestühlen, dünne Decken über den Beinen. Ein lauer Abend.

NONO Einige steigen jetzt in den Fleischhandel ein.

JEHOVAH Sagen die das?

NONO Sie sagen, es wird alles anders nach der Krise. Nach dem Virus. Die Bergbauregion wird noch trostloser darniederliegen, mit all dem Geröll, den Staub, den spärlichen Bächen und dem wenigen Grün.

JEHOVAH Nono, leben wir nicht im Paradies?

NONO Aber es ist bedroht. Ein fragiles Habitat.

JEHOVAH Warst du wieder hinten bei den Tonnen?

NONO Winston stand davor und hat die Nase gerümpft. Ich dachte, ich seh mal.

JEHOVAH Die bürgerliche Kinderstube. Das alte

Misstrauen. Der gute Winston. Die Konventionen bringen ihn um den Schlaf -

NONO - und den Verstand.

JEHOVAH Hab mir seine letzten Bilder angeschaut. Große Kacke.

NONO Mag nicht, wie er seine Nase in den Wind hält. Das sendet unheimliche Signale aus.

JEHOVAH Aber das Katzenstreu hat er nicht gewittert? Du hast es hoffentlich nicht schon verpulvert?

NONO Jehovah, wie lange kennen wir uns? Ich ordere das Zeug nach Bedarf. Sicher ist sicher. Kleine Säcke in großen Shops. So hab ich's immer gehalten, keine Gesetzmäßigkeiten, keine Routinen. Neulich musste ich nen Umweg über Philippi nehmen, weil ich mit Karte bezahlen sollte. Hat den Typen aber nicht gekratzt, weil ich mich ziemlich abgewichst herausgewunden habe. Am Ende hat der mir sogar ne Tube mit Entwurmungssalbe mitgegeben. Mensch, hatte der ein schlechtes Gewissen. Wegen dem Umweg.

JEHOVAH Vertrauensbildende Maßnahmen solltest eigentlich *du* anstoßen.

NONO Jehovah, sieh mich an! Neben dir liegt wohl der profilierteste und samtpfotigste Katzenliebhaber diesseits des West Fork River. Mittlerweile vertrauen selbst lesbische Tierheimleiterinnen meiner zweifelsfreien Expertise.

Er zupft an Jehovahs verkrumpelter Decke herum. Streicht sie glatt.

JEHOVAH Wir wirbeln zu viel Staub auf.

NONO Aber der Fleischmarkt in Weston birgt ein überschaubares Risiko.

JEHOVAH Du redest wie ein Industriekapitän. Ein echtes Kapitalistenschwein.

NONO Nimmt den Druck aus dem Kessel. Fürs Erste.

JEHOVAH *scherzend* Aus der Tonne.

Nono lacht, etwas aufgesetzt. Dann Jehovah. Sie klatschen sich ab, in die offene Hand.

NONO *wieder besonnen* Der Russe zahlt nicht.

JEHOVAH Gib ihm Aufschub.

NONO Schon wieder?

JEHOVAH Der Russe hat einen hohen Blutzoll bezahlt. Denk an den Zweiten Weltkrieg.

NONO Deswegen sollen wir hungern?

JEHOVAH Er hat Auschwitz befreit. Und Deutschland von den Nazis. Von Mengele.

NONO Füllt nicht gerade unseren Kühlschrank auf.

JEHOVAH Liegt sicher an dieser Bezahlschranke. Wäre nicht das erste Mal. Hast du Nellie mal drauf angesprochen? Die ist doch die IT-Expertin.

NONO Nellie, Nellie! Bist du toll? Jetzt rächt es sich, dass wir keine eigene Infrastruktur aufgebaut haben. Datenbanken. Overlay-Netzwerke. Client-Modelle. Think big! Das waren meine Worte! *Zu Jehovah, insinuierend* Waren das meine Worte? Die unendlichen Weiten des Darknets lassen sich mittlerweile von jedem Dödel wie prinzipienlose Tagesausflüge in einem Peer-to-Peer-Park zurücklegen. Dahinter nur: Schwarze Löcher. Aber nein, du musstest ausgerechnet einem pazifistischen Agnostiker-Ehepaar vertrauen.

JEHOVAH Es sind auch deine Freunde. Die einzigen, die uns geblieben sind. Außerdem ist Winston Nihilist.

NONO Genau das sollte uns misstrauisch machen. Neulich soll er gebrummelt haben. Im Schlaf. Sagt Nellie. Eine launige Rezitation über die Landungsbrücken, oh weiowei, Jacques Palminger, die Richtung. *Besorgt* Ich frage dich: Trägt man noch was von Kamerun oder Palminger vor, wenn man die ollen Kamellen hinter sich gelassen glaubt? Die bleierne Zeit. Die Heimat. Die Frustration darüber, dass dieses Hochhaus stehengeblieben ist, wird Winston förmlich zerrissen haben. Dieses scheiß Verlagshaus! Ich hab ihm die Enttäuschung damals nie angesehen, nachdem die drei Bomben hochgegangen sind. Sein Zorn auf Nellie muss unstillbar gewesen sein. Ich denke, er hat es sie nie spüren lassen.

JEHOVAH Herrje, du bist ja richtig infiziert von diesem Skeptizismus. Wie lange zirkuliert das süße

Gift des Zweifels denn schon in diesen Adern? *Er zwickt Nono in den Unterarm, bevor der ihn wegziehen kann.* Plapperst schon daher wie die Burschen von der Handelskammer.

NONO Weil ich konstatiere, dass der Russe nicht zahlt?

JEHOVAH Nono, wir unterhalten keinen Schlossereibetrieb, wir führen auch keine Beiträge an irgendwelche Mittelstandsvereinigungen ab. Möglicherweise könnten dort draußen ein paar Leute unser Geschäftsmodell höchst unappetitlich finden. Was wir betreiben, ist im Grunde ein Familienbetrieb, und die Sippschaft ist nun mal die Kaverne, in der man die Bilanzen bespricht. Was ist, willst du ne Annonce schalten? In der Charlston Daily Mail? Homosexuelle Mediziner im Vorruhestand suchen sportliche junge Männer, die für die Errettung ihrer Seelen bereit sind, sich vor laufender Kamera ausweiden zu lassen? Kommt prima, finde ich. Gehört die Daily Mail nicht Jeff Bezzos? Lumpen wie er haben sich sicher längst die gesamte Biotech-Branche unter die Nägel gerissen. Würde mich kaum überraschen, wenn sie gerade über nem neuen Impfstoff brüten. Der Welt wird dieser schleichende Feudalismus ja permanent injiziert.

NONO Der Inder zahlt.

JEHOVAH Scheiß drauf, was interessiert mich der

Inder.

NONO Der Araber auch.

JEHOVAH Na schön, der nährt sich von der Demütigung, der Araber. Überdies verlangt es ihm nach Mädchen. Sehr jungen Fräuleins. Pferde, Falken, junge Dinger. Diese Reihenfolge. Als Sadist wird er überschätzt, hier gräbt ihm der Inder das Wasser ab, dem der Quälgeist von Geburt an in die Wiege gelegt wird. Das Kastensystem fördert strukturell ja die dunkelste Seite des Menschen hervor. Dem Asiaten sind die rußgeschwärzten Stollen seines triebhaften Bergbaus eher fremd. Pein und Plage erträgt er in dem kollektiven Gleichmut seiner beständig geschliffenen kulturellen Prägung. Lust und Leid, Objekt und Subjekt sind für ihn nur zwei Seiten derselben Medaille. Ich kann verstehen, wenn Nellie zu diesen Hinrichtungen geht, diesen drakonischen Events. Kein Wehklagen. Kein Gezeter. Kein Keifen. Der Tod in Reinkultur, als eine logische Konsequenz beim Tilgen einer charakterlichen Dysfunktionalität. Vater wollte, dass ich Arzt werde, um Leiden zu lindern. Kannst du das nachvollziehen, Nono?

NONO Vielleicht hatte er einen Plan. Diesen ganzheitlichen Blick, den man sittlich nennen könnte.

JEHOVAH Sie hat mich nie interessiert, die Linderung. Die Heilung, die in Wahrheit ein Aufschub ist. Ein Bluff. Ein Ablasshandel mit den Schlechtigkeiten, die in so einem Körperlein toben. Der Arzt als Mittler zwischen den Welten ist ja ein Rindvieh. Nellies Ware ist wirklich erstklassig. Das soll was heißen in Zeiten des Niedergangs. Hat sie eigentlich mal durchblicken lassen, dass ich ihren Kuhhandel durchschauen könnte?

NONO Jehovah, sag, warum sollte sie Verdacht schöpfen? Du, der du den Nichtsahnenden vortrefflich spielst, bist hier gleichwohl der Arglose. Das ist die Übereinkunft. Nur sie und ich. Lass sie ruhig glauben, du würdest annehmen, ich könnte diese Gay Prides für blutige Jagdszenen nutzen.

JEHOVAH Loyaler Geck, du. Glaubst wohl, ich weiß dein unermüdliches Wasserträgerdasein nicht zu würdigen? Auf dem Kinderstrich in Kingwood, in den Schwulenbars von Pittsburgh? Die hässliche Stahlstadt hat sich irgendwie zum Geheimtipp für queere Traveller gemausert, wer hätte das vor Jahren gedacht. Lass uns mal ins Warhol-Museum gehen, wenn wir dort sind, ja? Hast du eigentlich noch diese gefälschte Polizeimarke? *Er schaut zu Nono, der nickt.* Hüte sie wie deinen Augapfel, vielleicht lassen sich die alten Verbindungskanäle irgendwann vergolden, wenn die bewährten Förderquellen versiegt sind.

NONO Bin dir allzeit ein treuer Lehnsmann, um keine Niedertracht verlegen und zu jeder Bosheit bereit. Hast mich nie lamentieren hören, was?

JEHOVAH Der Inder mag sie, die spitzen Schreie. Diese kehligen Laute, bevor es zu Ende geht. Macht es dir nichts aus, sie zu waschen, zu salben und in diese billigen weißen Tücher zu wickeln? Nach allem, was ich ihnen angetan habe?

NONO Ich stell mir vor, dass damit die Reinigung der Seelen einhergeht. Made in Bangladesch. Steht jedenfalls auf den Tüchern.

JEHOVAH Der Islam strickt dem Hinduismus das Totenhemd.

NONO Am liebsten spalte ich den Schädel, wenn alle Feuer verglüht sind, um flugs die Seele herauszulösen. So kann der Geist zum Gott Brahma zurückkehren und darlegen, dass er zur Wiedergeburt bereit ist.

JEHOVAH Du sprichst als Priester Mantras, obwohl du mit den Hindus nichts am Hut hast?

NONO Es zwingt meine Fantasie zum Aufbruch. Sich zu entfernen von allen falschen Propheten.

JEHOVAH Sag es ruhig: Bloß raus aus diesem Land!

NONO Ich sag's ja.

JEHOVAH Fühl mich gegen Mittag schon mattgesetzt.

NONO Müde. Das trifft es.

JEHOVAH Bin diesen Stonewall-Opern überdrüssig, dem Pinkwashing in Werbespots für Fluglinien und Getränkekonzerne. Hast du gewusst, dass Weihnachten eine Erfindung von Coca-Cola ist?

NONO Als Otto Normalschwuler wird man quasi in die innere Emigration getrieben.

JEHOVAH In die Barbarei. Die Gesetzlosigkeit. Wer würde da nicht auf dumme Gedanken kommen?

NONO Das LGBTQ-Gequatsche geht mir auf den Senkel, das ist der kommerzielle Ausverkauf der Szene. Was hab ich denn mit diesen geschminkten Transen am Hut? Wird langsam Zeit, dass man diesem Karneval was Formvollendetes entgegenstellt. Als gesunder Kerl.

JEHOVAH Die Cops sollen sich schon der Heritage-of-Pride-Bewegung angeschlossen haben, diese homophoben New Yorker Bullen.

NONO Hab's gelesen. Stand in den Bezzos-Blättern.

JEHOVAH Früher haben wir deren Autos abgefackelt. Einfach aus Spaß. Weil wir anders waren.

NONO Keine schwule Socke hätte sich mit denen solidarisiert. Nicht mal der Indianer von Village People.

JEHOVAH Der Inder ist anders. Durchgeistigt. Mit wenig Korpsgeist. Was kein Nachteil sein muss. Obwohl der mir als Mensch stets fremd bleiben wird.

NONO Der Inder zahlt. Zahlt sich aus. In fröhlich klingender Münze.

JEHOVAH *frohgemut* Bist ein echter Sonnenschein. Nono, hab ich dich das je spüren lassen? Von Freund zu Freund?

NONO Der Manierliche will immer fertig sein und hat keinen Genuss an der Arbeit. Das echte, wahrhaft große Talent aber findet sein höchstes Glück in der Ausführung.

JEHOVAH Der Mensch ist ein einfaches Wesen. Und wie reich, mannigfaltig und unergründlich er auch sein mag, so ist doch der Kreis seiner Zustände in Bälde durchlaufen.

NONO Doch wenn ich am Ende meiner Tage rastlos wirke, so ist die Schöpfung verpflichtet, mir eine andere Form des Daseins anzuweisen, wenn die jetzige meine koboldhafte Natur nicht ferner auszuhalten vermag.

JEHOVAH Ein shakespearescher Sidekick fürwahr, und als Eckermann in glaubensfester Unterwürfigkeit unentbehrlich. Nur den Dolch im Gewande, den solltest du bei dir behalten.

Sie klatschen sich vergnügt ab. Jetzt ist es Jehovah, der Nonos Decke zurechtzupft.

DREI. NACHTS.
NELLIE, NONO UND DAS STUMME MÄDCHEN.
SPÄTER JEHOVAH UND WINSTON

Um Jehovahs und Nonos Behausung herum. Der Mond ist aufgegangen, die Gegend wirkt monochrom

31

und konturlos. In dem milchigen Licht rollt Nono keuchend ein Metallfass hinauf an den Rand einer kleinen Deponie, um es von dort in den Trichter zu den bereits lagernden Fässern zu bugsieren. Ein leicht verwahrlostes Mädchen umkurvt das Geschehen interessiert auf seinem Dreirad. Als Nono einen weiteren Behälter in Angriff nimmt, bleibt es in einem Sicherheitsabstand zu ihm stehen, beäugt ihn rotznäsig. Beim erneuten Vorbeirauschen touchiert ihn die Kleine in einem unbedachten Moment. Nono schäumt vor Wut. Jagt ihr kurz und erfolglos nach.

NONO *außer Atem* He, wart nur, dir wasch ich den Kopf! Den verfilzten.

Nellies Auftritt, der Nono etwas erschreckt.

NONO Ach du. Ich dacht schon, der Schmuser wär's.

NELLIE Muss noch mal ausrücken, Geld verdienen. Du, der Schmuser, was issn das für einer? Ist das der, der sich hier alles unter den Nagel gerissen hat? Ich glaub, ich kenn den nicht.

NONO Keiner kennt den. Fährt hier immer mit ner Limo rum. Meistens nachts. Dicke Hose, dunkle Scheiben. Sehr dunkle. Sag mal, bist du gekommen, um zu quatschen? Komm, fass mal an!

Sie machen sich an der liegengebliebenen Tonne zu schaffen, versenken sie unter enormen Strapazen schlus-

sendlich in der Grube. Nono und Nellie auf dem Rück-
weg. Er schwitzend, sie mit stolzgeschwellter Brust.

NELLIE Hab den mal gesehen, den Schmuser. Erahnt könnte man sagen. Und nur, weil der sich ne Zigarette angesteckt hat. Hinter diesen schwarzen Scheiben, die aussehen wie die Augen von nem Insekt.

NONO Der sieht halt alles.

NELLIE Und warum nennt man ihn Schmuser?

NONO Seine Mutter soll ihn vergewaltigt und fortan an Strichern verhökert haben. Danach robbte er sich an Kinder ran. An wirklich kleine Würmer. Son echter Schmuser halt.

NELLIE Kastrieren sollte man den. Hör mal, hast du Winston auf die Pimmelbilder gestoßen? Er hat neulich Andeutungen gemacht. Hab ich euch nicht verklickert, dass die Dusche sein Himmelreich ist?

NONO Mein Gott, weiß überhaupt nicht, warum er sich so ziert, so tuntig. Hat sich doch prächtig gehalten, dein Winston. Nellie, du hast dir nen echten Hengst geangelt! Nen echten Steher! Dabei so schamhaft, echt süß. Feiert er demnächst nicht seinen Sechzigsten?

NELLIE Fünfundsechzig.

NONO Alter Schwede. Gib mir Bescheid, wenn du das nächste Mal Pimmelbilder hochjagst. Du müsstest Jehovah mal erleben, wenn er eifersüchtig ist. *Er sprintet auf den kleinen Deponiehügel, blickt in Richtung der noch nicht aufgegangenen Sonne.* Wir sollten uns beeilen, man kann nie wissen, wer uns besuchen kommt. Die Limo kennt den Weg auch ohne Licht.

NELLIE Ich dachte, ihr hättet ein Abo. Mit dem Chinesen. Der sollte sich eigentlich auch um die Entsorgung kümmern. All inclusive, sozusagen.

NONO Ein Abo? Keine Ahnung, wo du die letzten Monate verbracht hast, aber schon mal was von dieser Pandemie gehört? *Beißend.* Okay, dich betrifft es ja nicht, als immunisierte Soloselbstständige.

NELLIE Aufstrebende Familienbloggerin im Homeoffice. Sag es ruhig.

NONO Neide dir keinen Cent. Keinen einzigen Knopf. Hast sicher längst geahnt, dass ich der Grand Old Party die Stimme gegeben habe. Wundert dich das?

NELLIE Das ist so lächerlich.

NONO Hab es Jehovah verschwiegen. Du verpetzt mich nicht, oder?

NELLIE Blau, rot, ist mir schnurzpiepegal. Wie an der Wall Street. Was macht's, wenn der eine oder andere in Verzug kommt? Hab mich breit aufgestellt. Verdammt breit. Irgendjemand zahlt immer, okay? Vorausgesetzt, man hält beharrlich den Finger am Abzug. Morgen wird es übrigens nichts mit der Lieferung, Nono, hab ich das schon erwähnt? Die

Opferfamilien sind in Kompaniestärke angereist. Sie haben sich schon einquartiert. Gegenüber dem Todestrakt. Das ist so krank. Sie wollen Köpfe rollen sehen. Heilige Scheiße, was soll ich sagen? Sie werden Köpfe rollen sehen!

Sie tritt Nono unterstützend zur Seite, der ächzend eine weitere Tonne in Rollen gebracht hat.

NONO *leiser, vertraulich* Was ist mit Winston? Hält der die Füße still? Hab da was husten hören.

NELLIE Lass das meine Sorge sein. Sieh zu, dass du die Halde aus der Schusslinie kriegst. Diesen Gestank. Mit oder ohne Abo.

NONO *empört* Na, hör mal! Bitte halt mal deine Nase da hin! *Er tippt auf den Bügelrand des Fasses. Sie schnüffelt gewissenhaft und dennoch angeekelt am Falz entlang, verzieht dabei in unregelmäßigen Abständen das Gesicht.* Und? *Sie schweigt, noch nicht ausnahmslos überzeugt.* Der Verschluss ist der Hit. Und erst die Konservierung. Hat seit Louis Pasteurs Tagen echte Fortschritte gemacht. Richtige Quantensprünge. Da müffelt nix.

NELLIE *klopft noch immer misstrauisch am Verschlussmechanismus herum.* Ganz schön Druck aufm Kessel.

NONO *niedergeschlagen* Sie haben mein Karamell-Popcorn aus dem Sortiment genommen, Nellie, hast du das gewusst? Nachdem der Chinese nicht mehr ins Land darf, hat Hersheys seine Karamell-Popcorn-Produktion praktisch auf null heruntergefahren.

NELLIE Echt jetzt?

NONO Stattdessen stehen diese entsetzlichen Lakritztüten in den Supermarktregalen. Weißt du, wie sie die nennen? *Nellie schüttelt den Kopf, unternimmt aber beträchtliche Anstrengungen, den letzten Behälter zusammen mit Nono final über den Böschungsrand zu stoßen.* Colorado. Das ist kein Witz. Anscheinend lesen sie bei Haribo noch völlig blauäugig Karl May. Wie lange ist der tot?

NELLIE Sind das nicht Rheinländer? Die mit dem Sarotti-Mohr?

NONO Nenn mich ruhig einen Unverbesserlichen, aber ich habe den Verdacht, die Nazis gewinnen den Krieg gerade doch noch durch die Hintertüre. Sie sind wieder da. Das Virus liefert ihnen gerade den Vorwand, die begonnene Kolonialisierung der Latinos und Schwarzen voranzutreiben. Flankierend haben die Preußen ihre Regimenter längst in den Süßwarenabteilungen von Albertsons und Walmart in Stellung gebracht. Die Demarkationslinie dürfte irgendwo zwischen Chupa-Chups-Mörsergranaten und Selbstfahrlafetten aus KitKat-Riegeln verlaufen. Beim nächsten Einkauf werde ich mir ne schussichere Weste drüberziehen.

Erneut Auftritt des stummen Mädchens. Nachdem es eine kleine Ehrenrunde um das Areal gedreht hat, kommt es auf seinem Fahrzeug unterhalb der Böschung zum Stehen, Nellie und Nono musternd. Das Kind wirkt entspannt, aber auch streitbar, was Nono neuerlich erzürnt.

NONO He du, was glotzt dun so?

Er geht ihr ein Stück entgegen, auf Konfrontation gebürstet. Alleine kann Nellie die schwere Tonne nicht fixieren. Sie versucht sich noch eine Weile gegen das Trumm zu stemmen, lässt es dann unkontrolliert an sich vorbeikullern und in einen Zaun krachen.

NELLIE Schöne Scheiße.

NONO Kuck mal, wie die einen anschaut. Sind das noch Augen? Oder schon Wärmebildkameras?

NELLIE Ist eben ein Kind.

NONO Aber die Hautfarbe ist dir aufgefallen, die dunkle?

NELLIE Dreck. Mein Gott, ein richtiger Dreckspatz.

NONO Ein dreckiges Niggerkind, das seh ich. Warum so nachsichtig, Nellie? Die Göre kann uns nur der Schmuser geschickt haben. Bestimmt eines von seinen Spielzeugen, kein Mensch, kein Roboter, ne lüsterne Pornofee, vollgestopft mit Neurotransmittern und obskuren Überwachungssensoren. Ich glaub, ich zieh der jetzt den Stecker.

Als er sich dem Mädchen nähert, zückt es in Windesei-le eine Steinschleuder aus der Gesäßtasche. Das Geschoss aus der satt gespannten Waffe trifft Nono mit voller Wucht im Gesicht, worauf der brüllend zusammen-bricht und sich vor Schmerzen krümmt. Das Mädchen sucht das Weite. Nellie setzt der Kleinen nach, ergebnis-los. Sie eilt zurück, beugt sich fürsorglich über Nono.

NELLIE Mein Gott, du blutest ja.

NONO Wie Sau.

NELLIE Halt mal still.

Sie fingert ihm im Gesicht herum. Er brüllt auf.

NONO Die hat der Teufel geschickt. An der ist nichts menschlich. Wie Marietta Slomka, nur als Bimbo. Siehst du das Auge? *Zeigt auf die klaffende Wunde.* Ich hab es verloren, was? *Sie schweigt.* War-um sagst du denn nichts? Darf ich dein Schweigen als Zustimmung werten?

NELLIE Mach bloß nicht den Hemingway. Das bringt dir keinen Pulitzerpreis.

Auftritt Jehovah. Verschlafen im Pyjama und mit um-geworfener Grobstrickjacke. Eilt von seinem Wohnwa-gen sogleich zu Nono und Nellie, die etwas zur Seite tritt.

JEHOVAH Was ist das für ein Geschrei? Die Sonne ist kaum aufgegangen.

NONO Ich hab ein Auge verloren. Hab ich der Hure vom Schmuser zu verdanken. Der Pornofee.

JEHOVAH Ein Auge? *Zu Nellie.* Hat Rommel nicht ein Auge verloren?

NELLIE Der Wüstenfuchs? Weiß nicht.

NONO *brüllt, dann gepresst weiter* Bei Cherbourg. Die Nazis waren schon am Ende mit ihrem Latein.

NELLIE Stauffenberg. Es war Stauffenberg. Das Auge. Das fehlende. Jetzt ist es mir eingefallen.

JEHOVAH *kalauernd* Na, dann wollen wir mal ein Auge zudrücken.

Nono brüllt vor Schmerzen, nachdem ihm das Lachen gefroren ist. Auftritt Winston. Auf Zehenspitzen hat er sich im Halbdunkel von der Seite herangeschlichen. Verharrt an der Seite eines Trailers. Von den anderen unentdeckt, wird er die Ereignisse aus seiner Nische heraus beobachten.

NELLIE Sie haben uns hier abgeladen. In unserem Schmerz.

JEHOVAH Glaubst du das?

NELLIE Wonach sieht's denn aus?

JEHOVAH Mike Seidel hat für heute sonniges Wetter prognostiziert. Das ist ein sturmerprobter Moderator.

NELLIE Ein Surrogat von Freiheit, das haben sie uns auf die letzte Reise mitgegeben.

JEHOVAH Aber Mike Seidel -

NELLIE *dazwischen* Neulich war ich wieder bei den Rindern auf Rickys Fair Oaks Farm. Sie fassten schnell Vertrauen, schubberten an mir und leckten meine Hände. Ich stellte mir vor, wie sie wohl reagieren würden, wenn sie ihr Schicksal voraussehen könnten. Würden sie die Einzäunung niedertrampeln, um dem nahenden Ende im Gulasch-Himmel zu entfliehen?

NONO *wimmernd, zu Jehovah* Was redet die?

NELLIE Jetzt stieren mich plötzlich Hundert dieser unfassbar unschuldigen Kuhaugen an. Und ich spüre, dass es nicht mehr darum geht, irgendeinem Schicksal zu entfliehen. Einer Losnummer, die die Lebenslotterie ausgeschüttet hat. Für jeden einzelnen von uns. Brüder in den Zechen und Gruben, es geht um den Aufschub von Beschwerlichkeiten, ums Ertragen! Um nichts anderes. Ums Überleben schon gar nicht. Diese Rinder tragen die Erkenntnis in einem stolzen Stoizismus zu Markte, wir Menschen sind es, die die Einsicht negieren und zertreten. In Wahrheit blickt die kaum domestizierte Kreatur auf uns herab wie auf eine Horde wildgewordener Kinder, die sich probaten Schulhofregeln widersetzen. *Sie zeigt nach oben.* Jehovah, hörst du das Geräusch? Dieses Glucksen dort droben, direkt aus diesem Mike-Seidel-Himmel, der in Wahrheit ein Gulasch-Himmel ist?

Jehovah steht auf. Hört.

NELLIE Es ist die atmende Membran. Sie haben durchsichtige Gaze über den ganzen Park gelegt, sie und der Schmuser, aber man kann die Patienten unter dieser sonnendurchfluteten Hülle deutlich an ihren Beatmungsmaschinen japsen hören.

JEHOVAH Es sind Winstons Panoramen, die dir das Gemüt verdunkeln. Das düstere Pastiche von Pieter Brueghel -

NELLIE *dazwischen* - Hört ihr nicht, wie da jemand den Pilz von den Luftschächten kratzt, der dort wuchert wie ein Krebsgeschwür?

NONO Hab nicht mal nen blassen Schimmer, wohin die blubbernde Brühe in den Latrinen genau hinführt.

NELLIE *ahnungsvoll* Etwas sitzt in den Wänden, es beobachtet uns, es sieht jeden unserer Schritte.

JEHOVAH *zu Nellie* Wenn Winston von Nonos Bringdiensten Wind bekommt, sind wir geliefert.

NONO *verschwörerisch* Nono liefert, dafür ist er geschaffen. Ich denke, wir sollten Winston - *Er stockt, sehr genüsslich.*

JEHOVAH *weiter* - Wir sollten ihm eine Lektion erteilen.

NONO Eine Lektion. Meine Worte.

JEHOVAH Eine, die sich gewaschen hat. Eine endgültige möglicherweise. Eine, die sich sogar zu Geld machen ließe.

NELLIE Mir ist er lieb und teuer. Hört mal, erwartet von mir keine Absolution. *Pause.* Keine Chance.

JEHOVAH Bei den Indern stehen Akademiker mit Niveau zurzeit hoch im Kurs, besonders wenn ihnen die Haut bei lebendigem Leibe vom Fleisch gepellt wird. Übrigens mag ich es nicht, wenn die Leute in ihren grauen Löchern ihr Mobiliar im Kaminofen verheizen. Der schweflige Geruch überall. Nellie, wie hältst du das bloß aus?

NELLIE Mir wärmt's das Herz, wenn er Täler weitet, Höhenzüge begradigt und ganze Berge versetzt. Wie Winston die Perspektive verschiebt und er dabei wie ein Kubist den Gegenstand aus unterschiedlichen Blickwinkeln präsentiert. Mag sein, dass seine Sicht der Dinge antiquiert wirkt und sich in jüngster Zeit ein grauer Firnis auf seine Kunst gelegt hat, aber er schenkt so vielen Wanderern und Bergsteigern mit seiner Gabe eine Verheißung.

JEHOVAH Ich wünschte, sie würden lieber erfrieren, als ihre letzte Würde einfach zum Schornstein hinauszujagen.

NELLIE Neulich stand ich vor diesen schwarzen, schwitzenden Stellen an der Badezimmerwand und stellte mir vor, dass sie tatsächlich in eine andere, hellere Welt führten.

NONO *kniend, zu Nellie* Gute Nellie, unverbesserliche Träumerin. *Weiter kniend, jetzt in Jehovahs Richtung. Arglistig.* Gnädiger Herr, lass sie abrücken von ihrem Trugbild. Als Fixstern wird sie Winston womöglich noch in dessen dunkelster Stunde unbeirrt den Weg leuchten.

JEHOVAH Negative Energie. Wir nehmen durch Schächte, Rohre und die ganzen Verkabelungen zu viel negative Energie auf. Der Schmuser hat uns verdrahtet, kurzgeschlossen in unserer Empathielosigkeit, den unglückseligen Wilson lässt er wie einen Pfleger auf der Palliativstation schuften. Es ist ein sterbender Organismus. Wie die Europäische Union mit Ursula von der Leyen. Multiples Organversagen.

NELLIE Dem einen dürstet es nach Ergebenheit, dem anderen nach Liebe.

NONO *zu Nellie, keifend* Ein Licht, das in einem kalten Zimmer brennt, mehr kann die Liebe nicht sein. *Er spuckt aus.*

Nellie angefasst, dann zornig. Geht wütend auf Nono los. Greift dem unvermittelt an das verletzte Auge, worauf er abrupt zusammensackt und sich schreiend am Boden windet. Jehovah daneben, still und unbeteiligt. Winston, der alles besonnen verfolgt hat, stiehlt sich unbemerkt aus seinem Versteck. Auch Nellie ab.

VIER. NACHTS.
NELLIE UND WINSTON

Nellie putzt sich heraus, weil sie auf dem Sprung ist.

Hose, Bluse und Jacke sollen farblich korrespondieren, weshalb sie einiges anprobiert, sich im Spiegel mustert und danach einige der abgelegten Klamotten frustriert in die Ecke pfeffert. Winston in legerer Freizeitkluft. Während sie sich die Wimpern nachzieht, schlurft er vergnügt mit einem nostalgischen View-Master-Gerät vor dem Gesicht von einer künstlichen Lichtquelle zur anderen. Die ganze Zeit quakt Holly Golightlys „Satan Is His Name" aus dem Radio, das Nellie jetzt ausschaltet, worauf Winston entsetzt aufsieht.

NELLIE Irgendetwas entdeckt in diesen stereoskopischen Welten? Ne Thaischlampe vielleicht? Ein Kinderkörper, zwei Löcher, mehr braucht's doch nicht. Warum sollte sich ein erwachsener Mann sonst Dias auf einer Pappscheibe anschauen?

WINSTON Meinst wohl, es macht mir Freude, die Drangsale ritterlich zu erdulden? Ständig diese Bilder von blutjungen Dingern im Hirnkasten. Ist kein Zuckerschlecken, sich mit diesem Trieb durch den Tag zu mogeln. Mit der Diagnose einer unheilbaren Krankheit im Gepäck und nem explodierendem Arzneikoffer in der Blutbahn.

NELLIE Aber Spaß macht es dir schon?

WINSTON Spaß? Bist du irre? Hatte Springsteen Spaß, als er „Born To Run" geschrieben hat? Nellie, ich bitte dich, das Pharmazeug killt mein Testosteron! Es nimmt mir die Männlichkeit. Ich fühle mich langsam wie ein Seepferdchen.

NELLIE Er spielt es noch. Ich weiß es.

WINSTON Wer?

NELLIE Springsteen. „Born To Run".

WINSTON Aber es hat nichts mit Spaß zu tun. Nellie, meine Güte, das Monster muss gebändigt werden, verstehst du? Jeden Abend verlässt dieses Lied für wenige Minuten die gepeinigte Seele, wird von schwitzenden Körpern geschliffen, von einem dampfenden Klangkörper. Wie ein Granitquader in einem Steinbruch. Die E-Street-Band scharrte schon unter Nixon mit den Hufen, und der Boss, der hatte einfach Hunger auf diesen fiebrigen Sound, der kontinuierlich nachgeschärft werden musste. Außerdem war er privat ziemlich auf den Hund gekommen.

NELLIE Ich stell mir Leslie jedenfalls als einen in sich ruhenden Menschen vor, fernab jeder Selbstreferenz. Wenn sie an den Ufern dieser nordkanadischen Seen entlangstreift, wird sie sich weniger von Monstern als von kreativer Sanftheit leiten lassen. Diese Synthesizer-Leute um Robert Moog haben sich von den Naturklängen ja völlig abgekoppelt. Geistermusik, erzeugt aus Sinusschwingungen, dazu ein abgebrochenes Physikstudium und popkulturelle Anleihen bei Bach. Ich frage dich: Wen hat das damals schon groß interessiert? Peter Greenaway?

WINSTON Mach dich locker, du redest von den Siebzigern.

NELLIE Da kann man sehen, wann ich mich zuletzt für Musik interessiert habe. Sie gibt mir nichts, die neue Zeit. Nichts. Nur Leslie verpackt das gespenstische Heute wie eine Verheißung auf ein oszillierendes Gestern. Sie ist ein so reizendes Geschöpf. Was ist eigentlich mit Springsteen? Lebt der noch unsere Ideale?

WINSTON Die Leute sehen ihn auf seiner Harley durch New Jersey bollern. Manchmal steigt er ab und krächzt versonnen zur Gitarre.

NELLIE *verträumt* Oh, wirklich? Das klingt nach diesen wunderbar warmen Radiostimmen. Den knisternden Röhren in wummernden Walnussholztruhen. Dem magischen Auge. Bin ein Kind dieser Zeit. Warum nennt ihn alle Welt Boss?

WINSTON Weiß nicht. Mitunter entlohnt er seine Bandmitglieder direkt nach dem Konzert. Bar. Cash auf die Hand.

Nellie steht auf.

WINSTON Was ist?

NELLIE Ich muss jetzt. Gibst du mir nen Kuss? Ach lass, ich hab es schon vergessen.

WINSTON Wieder eine Hinrichtung?

NELLIE Ne Doppelnacht.

WINSTON Wird spät, was?

NELLIE Wenigstens stimmt das Salär.

WINSTON Hatten sie neulich nicht Probleme mit dem Strom?

NELLIE Aus dem armen Teufel dampfte es wie Sau. Wie aus ner Strohpuppe nach nem Gewitter. Schöne Scheiße. Sehen Sie nicht hin, sagte der Officer, und halten Sie sich die Nase zu. Aber ich schaute nur umso gewissenhafter hin, ich bin doch von Staats wegen verpflichtet, peinlich genau hinzusehen, das hat den Blödian überhaupt nicht interessiert. Dass man berufsbedingt angehalten ist, überall die Nase reinzustecken, selbst wenn es zum Himmel stinkt.

WINSTON Soll ich das Essen warmstellen?

NELLIE Langsam krieg ich Bammel, dass nichts bleibt. Außer Spekulationen.

WINSTON Was soll denn bleiben?

NELLIE Humorige Geschichten, etwas Ergötzliches. Savoir-vivre, La dolce vita. Warum gibt es im Amerikanischen nicht diese Begriffe von Leichtigkeit, wie sie die Europäer verwenden? Warum hat man hier alles an diese Bedeutungsschwere gekettet? Ich habe das Gefühl, die ganze Welt spricht unsere Sprache, aber einen Ausblick auf das Innehalten geben wir ihr nicht. Wie alt ist unsere Unabhängigkeitserklärung? Winston, du hast doch nen Doktor in Politik.

WINSTON Zweihundertvierundvierzig Jahre.

NELLIE Wie leicht hätte sich das Recht auf Schwerelosigkeit in diesen zweihundertvierundvierzig Jahren verankern lassen. Wozu haben wir einen Stoiker wie Bill Murray? Warum darf die Nutzlosigkeit nicht nutzlos bleiben, sondern muss durch unterbezahlte Gagschreiber permanent als TV-Pointe überschrieben werden. Ist das ein Erbe der Sklaverei? Tragen etwa die Eroberer Schuld, die jetzt überall von ihren Sockeln geschubst werden? Von den Kindern kommunistischer Rechtsanwälte. Ich habe keine Ahnung, aber ich würde den Kerl zum Präsidenten machen, der Flanieren und Schlenkern zu allgemeinen Verfassungsrechten erhebt.

WINSTON Eine Gesellschaft, die ihre Waffen gegen sich selbst richtet, schlendert nicht.

NELLIE Sondern?

WINSTON Sie stampft. Hast du diesen Deutschen mal beim Golfspielen beobachtet?

NELLIE Es wäre auch kein Akt von nationaler Solidarität, sondern mehr eine Form der persönlichen Reinigung. Es ist schließlich auch unsere Geschichte. *Feierlich.* Die Geschichte von Nellie und Winston. Wie sie wirklich waren. Zwei echte Racker.

WINSTON Und? Wie waren sie, die Racker?

NELLIE Woher soll ich das wissen? Du stellst Fragen. Es wird ja keinen geben, der ihre Geschichte erzählen wird. Ist das nicht trostlos? Als hätte es uns nie gegeben. Ich könnte heulen. *Er reißt ein Tissuepapier von der Küchenrolle, bietet es ihr an. Nellie wehrt ab.* Bleib mir bloß weg mit dem Fetzen!

WINSTON Unglückliche Nellie. Ich weiß, ich hab dir das nie gesagt, aber für mich wirst du immer das kleine, herzerweichende Mädchen bleiben, das du ein Leben lang warst. Ich sehe dich noch verzweifelt auf diesem Banner knien, als wäre es gestern. Vor dem Protestmarsch zum Weißen Haus, erinnerst du dich? Es gab damals schon diese politischen Korrektheiten. Aus der Luft gegriffene Weltgesetze, die nichts anderes waren als psychische Eingriffe in die Privatheit. Scheiß Siebziger! Du hattest dich verschrieben. Mein Gott, mehr war nicht! Ich sehe dich also auf diesem scheußlichen Fetzen Stoff kauern und die Seele aus dem Leib heulen. Weil du dachtest, es vermasselt zu haben. Weil du glaubtest, deinen Kommilitonen irgendetwas schuldig zu sein. Weil das Selbstbewusstsein immer an allem hängt, und weil man jeden Scheiß glaubt, wenn man auf die zwanzig zugeht. *Überlegt.* Wie hieß noch das Wort?

NELLIE Was fürn Wort?

WINSTON Das du vermasselt hast.

NELLIE Ihr Name war Rosalynn.

WINSTON Rosalynn?

NELLIE Ich schrieb ihn mit einem N. Ich hatte der Frau des Präsidenten einen Buchstaben geklaut.

WINSTON Es ging um Indonesien. Daran erinnere ich mich.

NELLIE Sie setzte sich für geistig Behinderte und Menschenrechte ein, während er die Unterstützung für das Land trotz des Genozids in Osttimor fortsetzte. Ich fand das obszön. Anstößig und obszön. Anstatt mich über den Fauxpas zu freuen, versank ich vor Gram im Boden. Es war so lächerlich. Wegen nem Buchstaben.

WINSTON Wir hatten einen Wanderprediger ins Präsidentenamt gehoben. Erinnerst du dich, wie die Luft vor lauter Spiritualität aufgeladen war? Alles schien zu leuchten. Der letzte, der schlenderte, war dieser Neger. Es wirkte vulgär.

NELLIE Jimmy war ein netter Kerl. Das machte die Dinge so vertrackt.

WINSTON Herrje, er machte es uns nicht leicht.

NELLIE Es macht mir Angst, wenn wir abschätzig über diese Leute urteilen. Nur weil wir uns langsam verloren gehen, weil das Leben aus uns entweicht. Hast du uns mal angesehen? Wenn wir uns Mühe geben, sehen wir sogar ein bisschen glücklich aus. Aber nicht befreit. Es sorgt mich, dass wir verhärten hier drinnen. *Tippt sich auf die Brust.*

WINSTON Wegen Jimmy?

NELLIE Jimmy, Ronnie, Georg, der Neger. Unsere Herzen, meine Güte! Sie werden zu Stein. Ich fühl schon die Grabplatte hier in meiner Brust, wie sie zu wandern beginnt und mir langsam die Gurgel abschnürt. Komm, fühl mal! *Er fühlt.* Und?

WINSTON Ich fühl nix.

NELLIE Mir schwant nichts Gutes, aber es wird kein Sonntagsspaziergang, wenn sie uns hier rausziehen. Früher oder später. Aus dieser Blechdose, verreckt an fortgeschrittener Hartherzigkeit. Jawohl, so wird es in unseren Totenscheinen stehen: Die Tode wurden ohne Fremdeinwirkung durch chronisch kalte Herzen herbeigeführt!

WINSTON Strangulieren werden uns die Kabel, die überall von der Decke herunterbaumeln. Das wird zu nem Slalomparcour für die Einsatzkräfte, wenn die mit Bolzenschneidern und hydraulischen Blechscheren anrücken. Diese Serverkabel sind ne echte Herausforderung für jeden Feuerwehrtrupp.

NELLIE Wir galten mal als das schärfste Paar auf dem Campus. Erinnerst du dich, Winston?

WINSTON Olala, jeder Flammenwerfer war ein müder Laternenumzug dagegen.

NELLIE Eines Tages werden wir uns ineinander verbeißen.

WINSTON Mit blutenden Lefzen -

NELLIE - und uns Fleischfetzen aus den Körpern reißen.

WINSTON Nellie, bitte.

NELLIE Knorpel und Muskelgewebe werden noch zwischen unseren Zähnen hängen, wenn sie uns bergen, die Bolzenschneider-Menschen in ihren feuerfesten Overalls. Keine Ahnung, wann er uns abhandengekommen ist, dieser Rest an Integrität. Nach dem Terroranschlag vielleicht? Man ist ja den halben Tag auf der Suche nach solchen Schlüsselmomenten.

WINSTON Frag mich, warum sie nie darüber berichtet haben, die Zeitungen.

NELLIE Aber ich hab sie ticken hören. Ganz sicher. Nach dem Scharfstellen.

WINSTON Sie erwähnen sie nicht. Die Bombe. Bis heute. Kein Wort darüber.

NELLIE Ihre Rache. Funkstille. Total. Sehnsucht darf in uns nicht keimen. Nicht einmal das bisschen Nostalgie gönnen sie uns.

WINSTON Wie alt waren wir damals? Wir waren doch keine achtzehn?

NELLIE Nicht mal volljährig. Wie feige die waren, so feige.

WINSTON Und Nono hat es sicher krachen hören, ja?

NELLIE Sicher wie das Amen in der Kirche. Ich glaub, er hat bis heute ein Knalltrauma davongetragen. Schwindel und diesen Quälgeist im Ohr. *Lautmalerisch* Krawumm! Hab ich dir gesagt, dass mich das Ticken an den alten Wecker erinnerte, den mir Mutter früher immer ans Bett gestellt hatte? Sie muss das als calvinistisches Unterwerfungsritual gepflegt haben, der Gleichklang eines Uhrwerkes sollte mich wohl daran erinnern, dass Gott mich entweder zu Heil oder Unheil vorbestimmt hatte.

WINSTON Und, hat er?

NELLIE Woher soll *ich* das wissen? Frag Jehovah.

WINSTON Und Jehovah ist sich sicher, dass es menschliches Gewebe war?

NELLIE Die gesamte Wohnung hat es ihm verdunkelt, verfluchte Hacke! Die Hirnmasse klebte buchstäblich noch am Fenster, als er nach der dritten Erschütterung hinunter zur Rathausbrücke schaute. Ein Wimmelbild im Erregungszustand, so hat er die Situation später beinahe lyrisch beschrieben, falls die durch die Hirnmasse hindurch überhaupt noch zu erfassen war, diese ominöse Konstellation.

WINSTON *irritiert* Wusste nicht, dass Hirne so weit spritzen.

NELLIE Sogar im „Atlantik" mussten sie die Dachrinnen ausbürsten, verdammte Sauerei. Hirnloses Unterfangen, den gesamten Vormittag hindurch. Der Udo war vielleicht in Panik, sag ich dir.

WINSTON Der wohnte doch damals gar nicht im „Atlantik".

NELLIE Wirklich? Aber es hätte ihn treffen können, das musst du zugeben!

WINSTON Na, du bist vielleicht eine Nudel.

NELLIE Gewissermaßen ist er diesem feigen Attentat nur um Haaresbreite entkommen.

WINSTON Gütiges Kind, es ist der Altruismus, weswegen du nen Schlag bei den Kerlen hattest. Wie konnte ich es bloß vergessen?

NELLIE Wusstest du, dass Björk über die Natur zur Musik gefunden hat?

WINSTON Diese menschenfeindliche Eiswüste?

NELLIE Sie kämpfte sich als kleines Mädchen mit dem Kassettenrekorder durch die isländische Kraterlandschaft und hat dabei Naturgeräusche aufgenommen. Kalbende Gletscher, speiende Geysire, son Zeugs halt.

WINSTON Hört man nicht.

NELLIE *fuchsig* Sei kein Ignorant, es ist doch alles da! Du musst nur konzentriert reinhören und deine Lauscher aufmachen, sie hat ja alles auf diese digitale Ebene gehoben. Wenn sie wissen will, wie etwas klingen soll, dann nimmt sie diesen kindlichen Erinnerungsschlüssel mit wie zu einer verborgenen Schatztruhe. Sie betritt heute neue musikalische Räume wie einst ihre Spielecke mit diesen Tonbändern. Es bricht mir das Herz, das steinerne, wenn ich mir diesen philanthropischen Schaffensprozess vor Augen führe. *Ergriffen* Hast du noch das Tissue?

Er gibt es ihr. Sie wischt sich die feuchten Augen.

WINSTON Also, ich hör da nur Geigen und Synthesizer.

NELLIE Weil du nicht zuhörst! Weil du verkennst, dass es reale Geigen sind. Gespielt von Menschen aus Fleisch und Blut. Wenn Björk ein fünfzehnköpfiges Streichorchester mit mongoloiden Cellistinnen anfordert, dann bekommt sie von ihrem hochprofessionellen Management ein fünfzehnköpfiges Orchester mit mongoloiden Cellistinnen, capito? Die sitzen dann nicht bloß bescheuert im Tonstudio rum, sondern gehen mit ihr anschließend auf Welttournee. Sie könnte diese riesigen Arenen natürlich auch aus der Konserve beschallen, aber da schiebt ihr diese Kassettenrekorder-Kindheit einen Riegel vor.

WINSTON Mit mongoloiden Cellistinnen?

NELLIE Das ist bloß ein Beispiel, ich bin auch nicht sicher, ob man das noch so sagen darf: MON-GO-LO-ID. Ich glaub, das heißt jetzt anders. Möglicherweise sind es auch *Sie sucht* - sind es kasachische Jungfrauen.

WINSTON Kasachische Jungfrauen?

NELLIE Mach dich nur lustig. Ich stell mir in dieser Sekunde gerade vor, wie Leslie durch die Weiten ihrer kanadischen Wälder schnürt und durch die Erinnerung an Vergangenes künstlerischen Nektar schlürft. Welche Narrative gibt es denn um Robert Moog? Außer vielleicht, dass der Mann nur selten

55

Tageslicht gesehen hat.

WINSTON Er ist tot.

NELLIE Da siehst du es. Das hat er von seinem erratischen Getue.

WINSTON Die Beach Boys verdanken ihm „Good Vibrations". Das Theremin.

NELLIE Brian Wilson ist was für Pussys.

WINSTON Ich stell dir trotzdem das Essen warm, was ist?

NELLIE Nach ner Doppelnacht? Hast du mich danach je essen gesehen? Leg mir mal „Born To Run" auf die Seite, ich hör mal rein.

WINSTON Ich wickel's dir ein, in Folie, sicher ist sicher. Der Boss liegt schon aufm Plattenteller. Glaub ich.

NELLIE *im Abgehen* Ich küss dich.

WINSTON *ruft ihr nach* Pass auf, wenn du rausgehst, die Ratten haben die untere Stufe angeknabbert. Und binde dir ein anständiges Tuch vor die Nase, der Wind bläst tüchtig aus Osten. Du weißt, was das bedeutet.

NELLIE *kommt noch einmal zurück, weil sie Winstons Anspielung kontern möchte.* Warum musst du deine Minderwertigkeitskomplexe ständig bei anderen abladen? Jetzt sind es Jehovah und Nono, die Gebrechlichsten unserer Gemeinschaft. Ich glaub, Nono hat ein Auge verloren. Interessiert dich das eigentlich? Frag mich, wer morgen drankommt.

WINSTON Hab ich erwähnt, dass ich hinten bei den Tonnen war? Entschuldige, ich bin geruchsempfindlich.

NELLIE Und, ist dir was aufgefallen?

WINSTON Hätte mir was auffallen sollen? Gib mir nen Tipp!

NELLIE Einem Schlafwandler? Du tickst wohl nicht richtig. Greif dir mal an den Kopp.

WINSTON Entschuldige, als mondsüchtiger Insomniker werde ich mich bitte schön noch übergeben dürfen. Bei der Fäulnis, die diese Rostlaube fortwährend ausschwitzt. Ich hoffe also inständig, dass der Campingschrott langsam in seiner ranzigen Badewanne versinken möge, dieser Mistgrube, die Jehovah und Nono hier in den letzten Jahren kultiviert haben. Es ist gewissermaßen das herbeigesehnte Katastrophenszenario von jemandem, der unablässig bei Ostwind vor die eigene Bude kotzt und dabei nicht gerade auf die Solidarität seiner Ehefrau bauen kann. Aber vielleicht habe ich tatsächlich dort draußen etwas gehört. Okay, da war ein Geräusch. Die Nacht hat große Ohren. Hast du daran mal gedacht?

NELLIE Wie denn? Du bist doch ne taube Nuss.

WINSTON Dass du deren sexuelle Orientierung instrumentalisierst, um mir unflätiges Verhalten gegenüber Minderheiten vorzuwerfen, ist eine Schutzbehauptung. Die billigste überhaupt. Sie erschüttert mich bestenfalls in der Schäbigkeit, mit der du sie mir unter die Nase reibst. Offenbart das in Wahrheit nicht die eigene Befangenheit? Je lauter du sie leugnest, desto krasser treten die Ressentiments hinter deiner Sprache hervor. Nellie, es ist ganz offensichtlich, welche Probleme *du* im Umgang mit Schwulen und Lesben hast.

NELLIE Du bist so ein Arsch, so ein politisch korrekter, und blind und taub bist du auch.

WINSTON Noch etwas?

NELLIE Ich liebe dich.

Sie geht. Die Tür knallt. Ruhe.

WINSTON *leise, zu sich selbst.* Ich liebe dich auch.

FÜNF. FRÜHER ABEND.
NELLIE UND WINSTON, JEHOVAH UND NONO

Nellie bei der Begrüßung von Jehovah und Nono. Jehovah schwarz gewandet, einen Hut tragend. Nono torkelt etwas orientierungslos mit einem ausladenden Mullverband über dem verletzten Auge umher. Winston auf Abstand, scharwenzelt mit halbvollem Scotchglas und einer Gabel um den Barbecue-Grill herum, auf dem mächtige Fleischstücke dampfen.

NELLIE *zu Jehovah* Lass dich mal drücken. Das Virus macht uns ja langsam zu Eremiten. *Sie umarmen sich, dabei schaut sie zu Nono.* Dich knuddel ich im Geiste, sonst torkelst du mir am Ende kopflos umher.

Sie lassen sich in billige Campingstühle plumpsen. Jehovah legt den Hut beiseite, man sieht die Kippa auf seinem Kopf.

JEHOVAH Ich hoffe, es beleidigt euch nicht, wenn ich nichts esse.

NELLIE Alles paletti, Winston schmeißt dir Marshmallows auf den Rost. Ist mir nie aufgefallen, dass du dein Judentum konsequent lebst. *Zu Winston* Winston, hast du nicht Spieße mit diesen Schaumstoffteilen vorbereitet?

Winston schweigt eisig, Nono springt beschwichtigend in die Bresche.

NONO Er hat das Gefühl, dass er langsam Farbe bekennen muss. Jetzt, wo die Kommunisten wieder das Ruder in die Hand genommen haben. Das stimmt doch, Jehovah?

Jehovah nickt kraftlos, Nellie legt ihre Hand auf seinen Arm.

NELLIE Ich solidarisiere mich jedenfalls mit dem gesamten Judentum. Hier und heute, präventiv sozusagen. Wann organisieren wir eigentlich nen Protestmarsch zum Kapitol?

NONO Habt ihr bemerkt, wie schnell sie einen Impfstoff aus dem Hut gezaubert haben? Drei Tage nach der Wahl hatten sie die verdammten Vakzine. Den Pharmaheinis hatte der alte Präsident die Forschungsgelder in den Arsch geblasen. Unser Präsident! Billionen! Und die? Haben aus lauter Dankbarkeit seine Wiederwahl manipuliert. Habt ihr gesehen, wie die Börsenkurse explodiert sind? Aber ich sage euch was: Es wird das einzige Wirtschaftswunder sein, das diese Maoisten entfachen werden. Schon die Roten Khmer waren nicht gerade dafür bekannt, ordentliche Werte zu generieren. Das Geld der kleinen Leute ist längst verbrannt. Ich habe die Feuer gesehen, den Pulverdampf über unseren Städten.

NELLIE Apropos verbrannt, warum verätzen wir unsere Lungen eigentlich in dieser Qualmwolke? *Zu Winston* Winston, schaust du mal nach dem Schulterstück! Da tropft was wie Sau in die heiße Glut hinein. Frag mich, warum du dich nicht endlich zu uns setzen willst, wir sind schon wie dolle am Politisieren. Nono ist richtig aufgeheizt, Donnerwetter, ich habe das Gefühl, der braucht nen runtergekühlten Sideman. *Leiser, rüber zu Nono* Zur Not tut's auch ein Partner für ne versöhnliche Friedenspfeife. *Sie kichern.*

WINSTON *zu Nellie* Glaubst du, ich hab das nicht

gehört?

NELLIE *wenig überrascht* Ne taube Nuss schein ich wirklich nicht geheiratet zu haben. Nur den ungeselligsten Flegel im gesamten Barbecue-Belt. *Sie erhebt ihre Flasche Bier, Nono und Jehovah zuprostend.*

JEHOVAH *lauthals* Vielleicht will er nicht anstoßen mit nem Judd.

NONO Jehovah, bitte!

JEHOVAH Nellie, frag ihn mal, ob er diesen Antisemiten ins Amt gewählt hat, diesen schnarchköpfigen Parasiten, an dem das Land jetzt vier lange Jahre zu knabbern hat wie an ner neuen Virusmutante. *Zu Winston, absichtsvoll dröhnend* Was ist, hast du ihn gewählt? Kannst es ruhig zugeben. Der Typ möchte alle schwulen Zionisten kastrieren, das muss doch in deinem Interesse sein.

WINSTON *pfiffig* Ich kann dich nicht hören, Jehovah. Nellie sagt, ich bin ne taube Nuss. Muss wohl stimmen. Frag sie mal.

JEHOVAH Meinen Arsch verwette ich, dass du bei ihm das Kreuz gemacht hast. Meinen kleinen jüdischen Arsch.

WINSTON *hüstelnd, im Rauch.* Ach du grüne Neune, jetzt haben die Marshmallows in der Grillschale auch noch Feuer gefangen. Sieht aus wie das Remake von „Flammendes Inferno". Soll ich's euch trotzdem einpacken? Ihr könnt den Schorf ja abkratzen, wenn ihr daheim seid. Nellie, haben wir noch Popcorn?

NELLIE Sollten wir?

JEHOVAH *zu Winston* Du warst ja immer gegen diese Mauer. Das nährt den Verdacht.

WINSTON Die Kommunisten waren dagegen. Was ist, seh ich aus wien scheiß Kommunist? Nicht mal die Demokraten und ihr Tattergreis waren gegen diese Mauer. Das ganze Land braucht Sicherheit.

NELLIE *überrascht, dazwischenfahrend* Augenblick, das stimmt so nicht. Schatz, du wolltest eine Einfriedung, eine ziemlich flache, mehr ein Gehege wie für Schildkröten. Winston, wenn ich mich recht entsinne, dann wolltest du nen Jägerzaun.

WINSTON Mauer. Zaun. Das ist doch jetzt ne Frage der Definition -

JEHOVAH *dazwischen* - über die der Mexikaner gerne drübersteigt, über diese Frage der Definition. Ich würde den Illegalen jedenfalls nen richtigen Festungswall vor die Nase stellen. So ein martialisches Elektrogatter, hinter dem sie schon King Kong weichkochten.

WINSTON *umwickelt, während er fortfährt, den Batzen verkohlter Marshmallows mit Alufolie, vergnügt.* Nellie hat mir erzählt, dass die Deutschen den gesamten Bestand an Karamell-Popcorn deportiert haben, hast du das gewusst, Jehovah? Zwischen den Supermarktregalen soll bereits eine arische Fruchtgummi-Armee patrouillieren. Der Feind steht nicht an der mexikanischen Grenze, mein Junge, er steht in den Regalen von Trader Joe's.

NONO *verzagt* Ich glaub's noch nicht. Kein Karamell-Popcorn.

Jehovah jetzt bei Winston, er deutet auf die Rolle mit der Alufolie, die ihm Winston reicht. Jehovah nimmt einen guten Meter von der Bahn, wickelt damit seinen Hut innen und außen ein.

JEHOVAH Ich hab dieses Land immer für die Mutter der Pandemie gehalten. Nicht China. Dort hat man das Szenario nur durchgespielt. Wegen der großen Leidensfähigkeit des Volkes. Hat geklappt. In Wahrheit aber haben die Deutschen unserem Präsidenten nie verziehen, dass er so großartig beim Golfspielen schummeln konnte -

NONO *dazwischen* - worauf der Exportweltmeister kurz die Muskeln spielen ließ.

JEHOVAH Ihr Handelsüberschuss speist sich in Wahrheit aus der Angst. Im Grunde ist es die gleiche Angst, die sie vor sich selbst haben. Ein Misstrauen gegenüber der eigenen Geschichte. Der jüngeren. Ein Land auf der Flucht. Immer noch.

NONO Sie lässt uns für ihre Verteidigung bluten. Die Frau mit den Rauten-Händen und der Stasi-Vergangenheit.

WINSTON Sie haben sie verbrannt. Geschreddert

und verbrannt.

NONO Tut mir leid. Wie alt ist sie geworden?

WINSTON Nee, ihre Vergangenheit. Die Akten. Die Frau lebt.

NONO Dem Himmel sei Dank.

WINSTON Birne hat sie geschreddert. Die Ost-Biografien seiner Höflinge. Der Einheitskanzler.

JEHOVAH Bei den braunen Flecken seiner Minister waren ihm die Hände gebunden.

NONO *gespielt nachsichtig* Och, das bisschen Folklore. Hebt die Stimmung. Und macht unverdächtig.

JEHOVAH Gerade immunisieren sie sich wieder, nach innen wie nach außen, mit dieser Angst, die sie in die Welt senden. Der Angst, sich zu infizieren, und der Angst, kein Mittel dagegen zu finden. Sie haben vor Jahrzehnten beschlossen, ihr Nazi-Trauma auf ein rotierendes Glücksrad zu projiziert. Wann immer sie es jetzt anhalten, stets zeigt der Pfeil auf denselben Begriff: Schuldig! Es ist das einzige Wort auf diesem Lotterie-Karussell. Schuldig! Sie benutzen es nach allen Seiten. Bei jeder Gelegenheit. Inflationär.

NONO So viel Gewissen, so viel Sittlichkeit. Ich glaub, das macht mir Angst.

JEHOVAH Die Möglichkeit, Auschwitz immerfort ins kollektive Gedächtnis zu rufen, eröffnet ihnen umgekehrt die Chance, der Welt ihre moralische Gesinnung überzustülpen. Eine Geisteshaltung, die man überheblich finden kann. Schaut her, wir haben uns schuldig gemacht! Gleichwohl nehmen wir fleißig Nachhilfe unter einer dampfenden Bußfertigkeit.

NONO Und wer sich an diese Therapieempfehlung nicht hält, der wird sanktioniert?

JEHOVAH Weit schlimmer. Er steht unter Populismus-Verdacht.

NONO Also rechts.

JEHOVAH Du sagst es.

NELLIE *jäh besorgt* Dann sind wir also Nazis?

JEHOVAH Bingo.

NELLIE Wow! Winston haben wir noch Sekt in der Kühltonne?

WINSTON *auf den Weg zur Tonne.* Irgendwann fliegt ihnen ihr falsches Ethos mal um die Ohren. Das ist ein gäriges Gebräu.

NONO Weiß gar nicht, mit wem die noch reden wollen. Über Olympia. Abrüstung. Die Sommerzeit. So geläutert, wie die sind. *Er überlegt.* Grönland?

JEHOVAH German Angst. So traurig.

NONO Sie sollen diesen irren Impfstoff entwickelt haben. Ein Lebenselixier, abgezapft in unterirdischen Bunkern, gewonnen aus dem Blut unserer Kinder. Banker, Politiker, das ganze Establishment nährt sich schon davon.

WINSTON *hat eine Flasche Sekt aus der Tonne gefischt, verdutzt* Seit wann habt ihr Kinder?

NONO Gott behüte, ich würde sie nicht ertragen. Die Vorstellung, man könnte sie auszuzeln, diese unschuldigen Mäuse.

JEHOVAH Da hört ihr's.

NELLIE *nach vorne.* Ich lass mich nicht abspritzen. Nicht von den Pickelhauben -

NONO *anknüpfend* - oder ihrem Vasall, diesem Schlafsack im Oval Office.

JEHOVAH Aber er hat was Tröstendes, der alte Mann, das müsst ihr zugeben.

NELLIE Mengele hatte auch was Tröstendes. Ich hab mir neulich wieder seine Selektionen an der Rampe angesehen. Dieses Lächeln. Das Väterliche. Alles in 4K im Discovery Channel.

JEHOVAH Sie injizieren Benzin. Direkt in unsere Herzen. Der Tod ist ein deutscher Streber. Wie heißt noch schnell deren Gesundheitsberater? Dieser gescheiterte Epidemiologe? Lauterbrunnen?

NELLIE Knecht.

JEHOVAH Wie?

NELLIE Lauterknecht.

JEHOVAH Klingt wien Judd, wien Kommunist. Wie ne Mischung aus beiden.

WINSTON Wer ist jetzt noch mal dieser Drösten?

Ist das der Enkel von Mengele? Hab gelesen, dass sie sich den Job teilen, der Drösten und der Lauterknecht. Bei den Selektionen, dem Abspritzen.

NELLIE Ich hab das Virus gerade von meiner Festplatte gelöscht. Machte mich ganz kirre. Sie hatte es uns eingeredet, diese Stasi-Tussi mit den rautenartigen Händen, es saß genau hier irgendwo zwischen den Ohren. *Sie zeigt es an.* Wie ein grüner Kobold *Sie verschränkt jetzt die Arme über ihrem Kopf, zieht sie spastisch zusammen. Eine paketartige Verkapselung.* Das ist bestimmt wieder son Psycho-Ding, was meint ihr? In Wirklichkeit existiert es bloß in unserer Einbildung. Ein böser Spuk. Ich möchte, dass er restlos aus mir entweicht. Wie am Ende von „Ghostbusters".

WINSTON *ungehalten* Haben wir nun Popcorn oder nicht?

SECHS. IMMER NOCH FRÜHER ABEND.
NELLIE UND WINSTON, JEHOVAH, NONO
UND DER SCHMUSER

Szenerie wie am Ende des letzten Bildes. Das ganze Setting wirkt grotesk eingefroren. Das Doublettenhafte setzt sich selbstredend in der Wiederholung des vorangestellten Textes fort, dessen letzte Sätze von den Akteuren etwas albtraumhaft, aber durchweg routiniert rezitiert werden.

NELLIE *vorne.* Ich lass mich nicht abspritzen. Nicht von den Pickelhauben -

NONO *anknüpfend* - oder ihrem Vasallen, diesem Schlafsack im Oval Office.

JEHOVAH Aber er hat was Tröstendes, der alte Mann, das müsst ihr zugeben.

Er setzt Nellie den Aluhut auf den Kopf, was die in ihrer Rage nicht zu bemerken scheint.

NELLIE Mengele hatte auch was Tröstendes. Ich hab mir neulich wieder seine Selektionen an der Rampe angesehen. Dieses Lächeln. Das Väterliche. Alles in 4K im Discovery Channel.

JEHOVAH Sie injizieren Benzin. Direkt in unsere Herzen. Der Tod ist ein deutscher Streber. Wie heißt noch schnell deren Gesundheitsberater? Dieser gescheiterte Epidemiologe? Lauterbrunnen?

NELLIE Knecht.

JEHOVAH Wie?

NELLIE Lauterknecht.

JEHOVAH Klingt wien Judd, wien Kommunist. Wie ne Mischung aus beiden.

WINSTON Wer ist jetzt noch mal dieser Drösten? Ist das der Enkel von Mengele? Hab gelesen, dass sie sich den Job teilen, der Drösten und der Lauterknecht. Bei den Selektionen, dem Abspritzen.

NELLIE Ich hab das Virus gerade von meiner Festplatte gelöscht. Machte mich ganz kirre. Sie hatte es uns eingeredet, diese Stasi-Tussi mit den rautenartigen Händen, es saß genau hier irgendwo zwischen den Ohren. *Sie zeigt es an.* Wie ein grüner Kobold *Sie verschränkt jetzt die Arme über ihrem Kopf, zieht sie spastisch zusammen. Eine paketartige Verkapselung.* Das ist bestimmt wieder son Psycho-Ding, was meint ihr? In Wirklichkeit existiert es bloß in unserer Einbildung. Ein böser Spuk. Ich möchte, dass er restlos aus mir entweicht. Wie am Ende von „Ghostbusters".

WINSTON *ungehalten* Haben wir nun Popcorn oder nicht?

JEHOVAH *springt auf* Moment!

NELLIE Was ist denn?

JEHOVAH Wir hängen fest. In der Erzählschleife.

WINSTON Welcher Erzählschleife? Ich dachte, wir improvisieren.

JEHOVAH Ja. Tun wir auch. Nur: Habt ihr bemerkt, wie wir uns fortreißen lassen?

WINSTON Von wem?

JEHOVAH Unserem Gegenüber. Dem politischen Gegner.

WINSTON *schaut sich um.* Wer solln das sein?

JEHOVAH *nachsichtig* Winston, er existiert in unserer Einbildung. Wir haben ihn uns imaginiert. Wie

Nellies grüner Kobold. Wenn wir den nicht von der Festplatte geputzt kriegen, dann wird der blinde Aktivismus klammheimlich zur Triebfeder des Dramas. Unseres Dramas. Großer Gott, so ein Furor. Kein Zuschauer nimmt uns den ab. Das wirkt so fadenscheinig.

WINSTON Tja.

NELLIE Was können wir tun?

JEHOVAH Wir müssen andere Saiten bei den Figurenzeichnungen zum Klingen bringen. In unseren Herzen strömt ja nicht bloß - *Er sucht.*

NELLIE *ergänzt* - Benzin.

Jehovah überrascht, dann anerkennendes Klatschen. Jetzt applaudieren alle. Zustimmendes Nicken.

JEHOVAH Es ist ein explosives Gemisch, das sich auf keinem Fall selbst entzünden darf, auch wenn wir von unserer Mission durchdrungen sein mögen. Diese Instauration, die im Humus des Elends gedeiht, gehört subtil evaluiert, wir wollen unter keinen Umständen, dass uns jemand die Bude abfackelt, bevor hier der letzte Vorhang gefallen ist. Nellie, hat Nono dir mal erzählt, dass ich Arzt werden sollte? Vater war von diesen schöpferischen Händen ganz angetan. *Er betrachtet seine Hände, Nellie jetzt auch.* Die kalte Mechanik dahinter hat ihn nie interessiert.

NELLIE *sichtlich angefasst* Weiß noch nicht, wie ich

es ausfüllen soll, so ein Leben als Querdenkerin, so ganz ohne perlende Nazi-Vergangenheit.

NONO *betreten* Sollten unsere braunen Opas ausgraben. Ne NS-Biografie gibt's schließlich nicht zum Selbstkostenpreis.

NELLIE Das ist ja ein Transformationsprozess unter den wachen Augen von CNN und Fox News. Ich entschuldige mich rückblickend für den intellektuellen Totalausfall meines Mannes, dem ich gleichwohl zugestehen muss, dass er ahnungslos war. *Jehovah und Nono nicken, schwache Beifallsbekundungen.* Als er mich ehelichte, wird er davon ausgegangen sein, den Pazifismus und das Gleichberechtigungs-Gen an der Seite einer feministischen Linken in der Gesellschaft implementieren zu dürfen. Pustekuchen.

Sie nimmt Winstons Hand.

WINSTON *berührt* War es so?

NELLIE Stets erlebe ich diesen Tag neu. Den Tag, an dem es erlosch, dieses Gefühl, sich fortwährend in einem Taumel nationaler Pflichtaufgaben opfern zu müssen. Pflichtaufgaben, die im Grunde nichts anderes sind als schale Übereinkünfte mit sich selbst. An diesem Tag aber stellten sie die Zahlungen ein. Mein Arzt blickte mir noch einmal traurig in die Augen und häckselte meine Krankenversicherungskarte. Sie war aus diesem unverwüstlichen Plastik, es hörte sich an, als ringe sie mit dem Tod. Draußen öffnete der Himmel seine Schleusen. Ich empfand jeden einzelnen Tropfen als Prüfung, als Appell, meinen selbstzerstörerischen Geistern zukünftig die Stirn zu bieten. Auf dem Parkplatz kam ich langsam zu Verstand. Der Regen hatte aufgehört und über dem Dach des Beverly Wilshire Hotels spannte sich der eindrucksvollste Regenbogen aller Zeiten. Seit diesem Tag schauen sie an uns herab, seit diesem Tag versuche ich, ihren Blicken auszuweichen. Geblieben ist die Erinnerung. Die Scham. Der Regenbogen. Ich hab ihn nie als Trost empfunden.

WINSTON Sie hatten dir noch nicht gekündigt. Daran erinnere ich mich. Die Bank hatte das Haus, aber du hattest noch diesen Job. Den Verlag. Und den Regenbogen, ja, den hast du verflucht.

NELLIE Wir hatten dieses japanische Auto. Winston, kannst du dich an den Prius erinnern?

WINSTON Ein rollender Laptop. Ein weißer. Wir nutzten jeden Zentimeter aus. Jeden Millimeter. Auf einer Seite hatten wir eine Liegefläche geschaffen. Über den halben Kofferraum und den Rücksitz. Die andere Hälfte rüsteten wir zum Büro auf. Denkst du noch manchmal an die Hörspiele, mit denen ich uns eine Zeit lang über Wasser hielt?

NELLIE Kino für Blinde.

WINSTON *amüsiert* Ohrenkino. Das sagtest du. Das waren deine Worte.

NELLIE Für mich ist das mobile Leben der Goldschatz am Ende des Regenbogens.

WINSTON Wirklich?

NELLIE Hast du mal gesagt. Du sentimentaler Trottel.

WINSTON *verunsichert, beschämt, lässt ihre Hand los.* Kann mich nicht erinnern. *Fühlt sich ertappt.* Jetzt hast du mich kalt erwischt, was?

NELLIE An den Eiern hab ich dich! Es ist alles ein Resultat deiner Blasiertheit. Ein Teil deines Traumas. Dein halbes Leben: Ein einziger Verdrängungswettbewerb! Winston, du bist nicht als Luftgeist auf die Welt gekommen. Als Bilderstürmer des Ohrenkinos.

WINSTON Es klingt so unversöhnlich, wie du es artikulierst. Aber dass mir die Natur zu einem echten Zuhause geworden ist, das werde ich noch behaupten dürfen?

NELLIE Ich hab dir deine Überlebensstrategien nie aufs Brot geschmiert. Deine Übergriffigkeiten. Als du dieser Asiatin an die Pflaume gefasst hast. Als du zwei Jahre im Bau saßt, in diesem Loch in Pelican Bay. Kein Ton des Vorwurfs. Nie! Mein Gott, ich hätte vermutlich auch Hörspiele geschrieben, wenn mich gut gebaute Bimbos unter der Dusche herumgereicht hätten wie Jeffrey Epstein.

NONO Winston, hör zu, sie will dir eine Brücke bauen.

JEHOVAH So eine starke Frau. Eine schöne dazu.

NELLIE *zu Winston* Glaub nicht, dass es keine anderen Typen gegeben hätte, ach, du liebe Zeit! -

NONO *protestierend dazwischen* - Nellie, das weiß er doch. An Köpfchen hat es Winston nie gemangelt.

NELLIE Es gab den ehemaligen Besitzer eines Friseursalons und den quirligen Endfünfziger, der bis zu seiner Pensionierung Cop war. Da war der Baustellenleiter und der Manager einer Fluggesellschaft, die nach dem Virus nicht mehr abhob, der sich jetzt aber als mobiler Kreativer im Online-Marketing verdingte -

NONO *dazwischen* - der hat dich auf den Zug mit dem Weblog gesetzt, gib's zu!

NELLIE *verlegen* Avancen gab's natürlich, mein lieber Scholli! Ich war ja eine Frau in den besten Jahren, wie man das so sagt. Als ich den Toyota runtergeritten hatte, versuchte ich es zunächst als Fernfahrerin, steuerte Tieflader, Autotransporter und Kühllaster über sämtliche Highways durchs Land. Wurde damals gut bezahlt, gleichzeitig stieg der Druck durch immer mehr Vorschriften. Dieser Nigger-Präsident hat ja eine Fahrtzeitenbegrenzung für Trucker erlassen, worauf die Speditionen ihre Termine so eng takteten, dass keine Sau sie einhalten konnte, tja.

JEHOVAH Die Regierung hat noch jeden in die Gosse gekickt.

NELLIE Wir sahen uns aber nicht als die, die sich herumschubsen ließen. Wir waren die, die aufstanden, wo immer das Schicksal zuschlug, wo immer es einen an den Strand spülte.

NONO Donner und Doria, ihr habt es ihnen gezeigt.

JEHOVAH Die viel beschworene rote Linie, Himmel, Arsch und Wolkenbruch! Vermintes Gelände. Wer jetzt einen Schritt weiter geht, der bekommt es mit uns zu tun, der proletarischen Armee von Konsumverweigerern und Immobilienblasen-Geschädigten! Gott verdamme mich, das hier ist die Seite der Rebellion! Wir sind die Guten.

NELLIE Hut ab, es gab Solidarität, Tauschbörsen für Kleidung. Ich leitete Seminare zum Umgang mit Behörden, für den Bau von Solaranlagen und einen Selbstverteidigungskurs für Frauen. Man redete viel unbefangener von Freundschaft, weil man die selbstverständlich auch leben musste. Jeden vermaledeiten Tag. Nur über Armut, daran erinnere ich mich gut, darüber wollte niemand sprechen. Das ist die dunkle Seite der mobilen Existenz inmitten der Wohnwagen, Kleintransporter und Saguaro-Kakteen. Es gibt diese großen Tabus unter allen Wanderarbeitern. Krankheit. Siechtum. Einsamkeit.

Alle blicken betreten auf den Boden. Nellie gefasst weiter.

NELLIE Am meisten vermisst habe ich ein Klo. Eines mit Wasserspülung. Wenn ich mit dem Prius keinen Campingplatz mit WC anfahren konnte, weil ich abgebrannt war, pinkelte ich in einen Joghurtbecher. Dann füllte ich den Inhalt in eine alte Waschmittelflasche, bis man irgendwann alles ordentlich entsorgen konnte. Winston, habe ich dir das mit dem Inserat schon erzählt?

WINSTON *kleinlaut* Weiß nicht.

NELLIE Irgendwann stieß ich auf diese handgeschriebene Kontaktanzeige. Die hing an einem improvisierten Schwarzen Brett. Dieses Wandbord war in Wahrheit der durchgeschimmelte Rest einer Dämmmatte gegenüber dem Scheißhaus, und der Typ, der eine weibliche Mitfahrerin suchte, war ein Veteran der Navy. Seine neue Frau sollte ihn pflegen, sagte er, als ich ihn darauf ansprach. Er habe Krebs im Endstadium. Wenn meine Zeit gekommen ist, erzählte er mir später, gehört dir das Wohnmobil. Als er starb, da ging er nicht ganz. Seine Liebe blieb. Die ganze Zeit stand sie im Raum. Wie ein Ausrufezeichen -

JEHOVAH *dazwischen* - Maffay!

NONO *beglückt* „So bist du". Jehovah, unser Lied! Erinnerst du dich? *Er singt.* Wenn ich geh, dann geht nur ein Teil von mir -

JEHOVAH *stimmt singend ein* - und gehst du, bleibt

deine Wärme hier.

NONO *ergriffen* Ich fühl richtig, wie mir die Tränen in die Augen schießen. In das intakte Auge. Augenscheinlich.

JEHOVAH Pass auf, Nono, gleich zitiert sie Marianne Rosenberg!

NONO Mein Gesicht: Ein einziges Feuchtbiotop. Mehr Wasser geht nicht.

NELLIE *weiter* Plötzlich lösten sich die ewigen Schwüre in schwammigen Gewissheiten auf. Ich fragte mich, ob es sich einzahle, auf dich zu warten, Winston. Zum ersten Mal in meinem Leben hatte ich das Gefühl, dass die Zeit in mir arbeitete und ein neues Verständnis von Entbehrungen mit auf den Weg gegeben hatte. Ich käme mir vor wie ein Schuft, würde ich es dir verschweigen. Heute muss es auf den Tisch. Es ist nicht redlich, einfach die Klappe zu halten.

JEHOVAH Es bricht mir das Herz. Unsere Freunde, sind sie nicht bewegend? Entwaffnend geradeheraus? Nono, nehm mich mal in den Arm.

Nono nimmt Jehovah in die Arme, eigentlich fällt er schluchzend in ihn hinein.

NONO Du musst mir versprechen, dass wir ehrlich miteinander sind. Für alle Zeiten. Versprichst du das?

JEHOVAH Bis dass der Tod uns scheidet.

NONO *schneidend* Sag es!

JEHOVAH So auf Knopfdruck?

NONO Kannst dir Mühe geben.

JEHOVAH Jetzt ist er vorbei?

NONO Wer?

JEHOVAH Der Zeitpunkt.

NONO Was fürn Zeitpunkt.

JEHOVAH Zu schwören, dass wir immer ehrlich miteinander umgehen werden.

NONO Bis dass der Tod uns scheidet, hast du vergessen.

JEHOVAH Ich schmeiß mich weg, da hat jemand aufgepasst. Einen Dummkopf hab ich nicht zum Mann genommen, vielleicht ein Sensibelchen.

Winston hat Nellie in der Zwischenzeit seine Hand angeboten, die sie zuerst ausschlägt, dann aber mit beiden Händen ergreift und intensiv an ihr Gesicht hält. Sie gehen gemeinsam vor zu Jehovah und Nono, umarmen die umsichtig von hinten, ohne dabei die eigene Innigkeit aufzugeben. Die Vier wirken wie zu einer menschlichen Glocke erstarrt.

WINSTON Lasst uns einen Moment den Atem anhalten, bitte.

NELLIE Es ist schön, den Herzschlag der anderen zu spüren.

NONO Was glaubt ihr, lässt es sich so sterben?

JEHOVAH Kommt auf nen Versuch an.

NELLIE *Ruhe einfordernd* Psst!

Gedämpftes Licht auf der Menschentraube, kontemplative Stille. Plötzlicher Auftritt des Schmusers, der inmitten der Zuschauer im vorderen Parkett des Theaters aufgesprungen ist. Bonbonfarbener Anzug, Einstecktuch, gegelte Haare. Ein bunter Hund.

SCHMUSER *zanksüchtig, intervenierend* Aufhören! Bitte aufhören! So wird das nichts. Wo bleibt der Zeitgeist? Black Lives Matter, MeToo, schon von gehört? Fragt mal die Leute hier! *Fingerzeig auf das Publikum.*

Die vier haben sich ängstlich aus ihrem Verbund gelöst, ankern nun etwas verloren auf der Bühne.

JEHOVAH *zu den anderen* Was willn der?

NELLIE *zu den anderen* Ja, was willn der?

SCHMUSER Habt ihr euch mal plappern hören? Wart ihr mal draußen? Nation, Geschlecht und Rasse werden als machtbedingte Konstrukte der bürgerlichen Ordnung gerade abgeräumt -

NONO *dazwischen, irritiert* - Wer machtn so was?

SCHMUSER Die Sprachpolizei. Mit Megafonen. Jedes Wort steht auf der Kippe, jede Silbe unter Generalverdacht. Ziel ist der gendergerechte Relaunch. Und ihr? *Pause, in der er geringschätzig zu ihnen aufsieht.* Faselt was von nem Abort mit Wasserspülung. Dieser Betroffenheitsgestus, dieser sozialromantische Impetus, einfach nur lächerlich. Leute, das Theater ist ne Abrissbirne!

NELLIE Aber sie hat in Joghurtbecher gepisst, dieses arme Hascherl. *Ich* habe in Joghurtbecher gepisst! Da wird man doch träumen dürfen.

WINSTON Von ner Wasserspülung.

SCHMUSER *verunglimpfend* Bourgeoise Herrschaftsfantasien.

NONO Sprache ist Macht.

JEHOVAH Foucault.

SCHMUSER Papperlapapp. Lautstärke ist alles. Hat euer Chef schon Tröten und Flüstertüten rausgerückt?

NONO Ey, Mann, wir haben FFP2-Masken!

SCHMUSER *frustriert* Sieht euch ähnlich.

NONO Es geht um Sprachspiele, mit denen die kulturelle Hegemonie ausgefochten wird. Die meinst du doch?

SCHMUSER Wer Äußerungen andersmeinender Personen als moralisch und politisch unzulässig erklären will, muss brüllen. *Brüllt* Ja!

NELLIE Benachteiligungen auszugleichen bleibt der emanzipatorische Kern.

SCHMUSER *energisch* Dann legt ihn frei! Wer hindert euch daran?

WINSTON Je benachteiligter eine Person ist, desto stärker ist ihre Position.

JEHOVAH Sie wird dadurch erst attraktiv. Die Benachteiligung -

NONO *dazwischen* - und mit ihr die Person.

SCHMUSER *spitzt ein Ohr ostentativ Richtung Bühne.* Ich höre euch nicht. Ihr müsst lauter sprechen.

NONO *zu den anderen* Er hat recht. Wir haben zu
lange geschwiegen. Wir müssen sie befreien. Die
Sprache. Den afrikanischen Kontinent. Die Schwarzen sowieso. Die genitalverstümmelten Frauen -

NELLIE *dazwischen* - nicht bloß in Afrika -

NONO *dazwischen* - einfach alle, die sich benach-
teiligt fühlen. Befreien, indem wir einhegen. Enteig-
nen, wenn ihr es genau wissen wollt.

NELLIE Eine junge Transperson of Colour mit
Migrationshintergrund sollte in jedem Fall ständiges
Mitglied im UN-Sicherheitsrat sein. Wer schließt
sich dem an?

Alle, einschließlich des Schmusers, heben die Hand.

WINSTON Mit uneingeschränktem Rederecht -

SCHMUSER *dazwischen* Denkt an Sprachrohre.
Lautsprecher. Instagram -

NONO *dazwischen* - Damit sie seine Ansprüche
gegenüber dem alten weißen Mann geltend machen
kann.

WINSTON *will das Postulat gerade unterfüttern,
kommt aber plötzlich ins Grübeln.* Welche Ansprüche?

NONO Egal. Wir finden welche.

NELLIE Sie könnte die Umbenennung von Straßennamen thematisieren. Die Namen von fetten, weißen Kolonialschweinen. Weg damit!

NONO Ich scheiß mich an, das ist alles so großartig.

SCHMUSER *entflammt* Ich würde das gerne inszenieren. Ihr habt doch nichts dagegen? Von mir aus kann es gleich losgehen.

WINSTON Mit ner Transe aus Zentralafrika?

JEHOVAH Her damit!

NONO Winston hält Diversität für ne Krankheit. *Jehovah und Nono schütteln sich vor Lachen, Nellie ist vielmehr peinlich berührt. Nono wendet sich Winston zu.* Das stimmt doch, Winston?

WINSTON Ich hab den Gender-Stern schon mitgesprochen, da hielten den die meisten für ne Himmelserscheinung. War tatsächlich einer der Ersten. Hab diese Kacke so lange durchgestanden, bis alle glaubten, ich hätte nen Sprachfehler. Bis sie mir vors Bein pinkelten. Bis sie mich vor die Türe setzten. *Zu Nono* Zufrieden?

Nono schaut weg.

NELLIE Sie könnte das Kopftuch als Zeichen für Unterdrückung brandmarken, die schwarze Gazelle mit ihrem Pimmel.

SCHMUSER *wie vom Blitz getroffen, ungläubig* Nellie?

NONO *spekulativ* Als Ladyboy wird sie gewiss ihre Erfahrungen mit jungen arabischen Männern gemacht haben. Woher kommt sie eigentlich? Aus dem Tschad?

SCHMUSER *alarmiert* Ganz dünnes Eis, Leute. *Er zeigt es an.* So dünn

NONO *angefasst* Damit ihr es wisst: Ich kämpfe gerade mit den Tränen. So viel Drangsal. *Leises Schluchzen.*

NELLIE Sie wird den Islam als Teil des American Way of Life jedenfalls nicht gerade in ihr Herz geschlossen haben. In einem normativen Sinn.

SCHMUSER *lehrmeisterlich* Nellie, was du sagen willst, ist doch, dass der Islam nicht Teil der amerikanischen Kultur sein kann. Das stimmt doch? Das ist deine Botschaft?

WINSTON *zum Schmuser, warnend* Pass mal auf, du redest mit meiner Frau, das geht sicher auch weniger desavouierend.

SCHMUSER Nicht, wenn ihr mich als Regisseur verpflichten wollt.

WINSTON Du hast dich selbst verpflichtet.

SCHMUSER Okay, dann entbinde ich mich von dieser Aufgabe. Amtlich sozusagen. Was ist, soll ich ne Kündigung schreiben?

NELLIE Sollten die Betroffenen es nicht selbst sein, die aus ihrer Erfahrung von Benachteiligung und

Unterlegenheit das Recht ableiten, über das Sagbare zu bestimmen? Gerade weil es sich bei der Betroffenen hier um ne Frau mit nem Pimmel handelt.

JEHOVAH Aber das Sagbare richtet sich in deinem Fall ausschließlich gegen andere Betroffene. Junge Männer einer anderen Glaubensrichtung.

NELLIE Sie haben sie beinahe totgefickt, deine jungen Männer, schon vergessen?

JEHOVAH Woher weißt du das?

NELLIE Als Frau spürt man's eben. Nein heißt Nein.

JEHOVAH Aber es ist Theater. Nichts als Theater.

NELLIE Die Bühne ist kein Ort, um sich vor der Welt zu verstecken. Vermutlich wird man dort sogar sein wahres Selbst entdecken. Es ist alles, was wir wissen, in diesem Theater. Möglicherweise: der gesamte Shakespeare! Im Grunde wird alles von ethnischen Herkünften und sozialen Prägungen zusammengehalten. Selbst die Intrige ist ja nur eine Ersatzhandlung für religiöses Ausgegrenztsein.

JEHOVAH Es ist ein Spiel.

NELLIE Ach ja, dann scheinst du es ziemlich ernst zu nehmen.

JEHOVAH Du berufst den Kläger zugleich zum Richter. Das ist es, was mir auf den Keks geht. Der Anspruch auf einen geschützten Raum fällt hinter die Normen von Gewaltenteilung und Aufklärung zurück. Nellie, du bist gerade dabei, die Demokratie zu filetieren.

NELLIE Jehovah, ich weiß nicht, wann du den Glauben für dich entdeckt hast. Oder die Seite gewechselt. Morgen aber könnte es auch dich treffen. Dich und Nono. Minderheiten. Schwuchteln. Das ist kein Spiel mehr.

Nono tritt nach vorne, Blickkontakt zum Schmuser.

NONO Was ist mit dir? Ist es dir laut genug?

SCHMUSER *abwehrend* Ich bin raus. Es ist euer Theater.

WINSTON *süffisant, mehr zu sich selbst* Ganz schön viel Radau. Von so nem Schmierlappen, der nicht mehr dazugehören mag.

NONO *zum Schmuser, an dem er sich augenscheinlich festgebissen hat.* Hör mal, wer bistn du überhaupt? Wie heißtn du?

SCHMUSER Terrence McNally. Das ist mein Name.

NONO Der Wide Receiver aus Clintwood?

SCHMUSER Dramatiker. Saint Petersburg. Florida.

NONO *zu Jehovah* Stimmt das?

Jehovah nickt, kommt zu Nono nach vorne.

JEHOVAH *zum Schmuser* Ich fand „Master Class" hinreißend. Die Callas als egozentrische Schinderin in ihren letzten Lebensjahren. Wann war das noch?

SCHMUSER Fünfundneunzig.

JEHOVAH Deine märchenhaften Grotesken begleiteten mich die ganze Jugend hindurch. Schwule Lebensentwürfe. Das Scheitern zwischenmenschlicher Kommunikation. Große Opern. Dieser Pomp.

SCHMUSER *unsicher* Schön.

JEHOVAH Anschließend „Corpus Christi".

SCHMUSER Sicher doch, ich erinnere mich.

JEHOVAH Klerikale Fundamentalisten kaperten das Theater bereits am Premierenabend. Anschließend gab's ordentlich was auf die Mütze. Woher hattest du bloß die Idee, Jesus und seine Apostel als trinkfeste Homosexuelle darzustellen?

SCHMUSER Es gab keine Idee.

JEHOVAH *verwundert* Donnerkeil, ausm Stegreif!

SCHMUSER *räuspert sich, dazu ein kurzes Gesichtszucken.* Entschuldige, Jesus und seine Apostel waren nie etwas anderes als trinkfeste Homosexelle. Steht schon in der Bibel, erinnerst du dich?

JEHOVAH *noch immer perplex* Asche auf mein Haupt, wie konnt ich's vergessen?

SCHMUSER Kennst du „Kuss der Spinnenfrau"? Den Film?

JEHOVAH Du fragst? Ich hab die Dialoge auswendig gelernt.

SCHMUSER Und? Fandst ihn sicher zu tuntig?

JEHOVAH Ne schwule Version von „Casablanca".

SCHMUSER Da sagst du's, meine Worte! Viel dampfende Homoerotik hinter Gefängnisgittern, zu wenig marxistisches Revolutionsdrama. Ich hab später in der Musicalfassung den politischen Wesenskern stärker herausgearbeitet. Mission geglückt, die Leute waren begeistert. Mai Dreiundneunzig. London. Shaftesbury Theatre. Leck die Ziege!

WINSTON *lapidar dazwischen* Zweiundneunzig. Und es war Oktober. Die Uraufführung.

SCHMUSER *kratzt sich am Arm, leichtes Kopfzucken. Tics, die schon seine letzten Sätze begleitet hatten.* Scheiß die Wand an, was tut's zur Sache! Seh ich aus wien Kalendarium?

NELLIE *herausgefordert* Dreiundneunzig brachten sie's ans Broadhurst Theatre, da bin ich mir sicher. *Zu Winston* Erinnerst du dich, es waren unsere Broadway-Jahre. Winston-Baby hab ich dich genannt.

WINSTON Wie könnt ich's vergessen?

SCHMUSER Wird das jetzt so ne Art Tribunal? So ne Volksgerichtshof-Nummer? *Jähes Grimassieren, dazu kurzes Grunzen und Schnalzen.* Weil ich bei irgend so nem scheiß Theaterabend in der Zeile verrutscht bin?

JEHOVAH Hör mal, das ist keine Petitesse, wenn der Autor die europäische Erstaufführung des eigenen Stücks um über ein halbes Jahr vordatiert, das muss dir klar sein.

NELLIE *zum Schmuser, pikiert* Ausgebuffte Theatergänger sind sensible Wesen. Wie wir! Lassen sich kein X für ein U vormachen, merk dir das mal, Mister McNally, oder wer du vorgibst zu sein. *Die mittlerweile unübersehbaren motorischen Ausfälle des Schmusers lassen Nellie misstrauisch zur Rampe schreiten.* Dein Gesicht hab ich noch nie gesehen, das ist wahr. Die Stimme aber, die kenn ich. Dieser Kasernenhofton. Der ist irgendwie von hier. Der hat sich mir eingebrannt, auch ohne Megafon und den ganzen Mumpitz.

WINSTON *schlichtend* Nellie!

NELLIE *vom Oberlicht geblendet, blinzelnd.* Nee, ich kenn den. Ich war nur vom Scheinwerfer geblendet. *Hält die Hand gegen das gleißende Licht, den Schmuser dabei fest im Blick. Der wird gerade von einem Orkan zwanghafter Bewegungsmuster durchgeschüttelt.* Das heutige Theater leuchtet ja nichts mehr aus. Es blendet.

WINSTON *schlichtend* Nellie!

NELLIE *schämt sich jetzt posthum ihrer Erinnerungslücken.* Ich muss blind gewesen sein, dabei war mir das Scheusal wohl bekannt! Die verspiegelten Scheiben. Die Limousine. Das kleine Mädchen. Der Missbrauch. Hier sind sie. Die Bilder. Die Stimme.

JEHOVAH *wendet sich dem Schmuser zu, der sich auf die Lippen beißt und die Handflächen leckt.* Stimmt das? Dass du der Schmuser bist?

NONO Der Typ, der abends um die Trailer streicht

und immer höhere Standmieten aus den Leuten herauspresst.

WINSTON Klar, das isser. Ich glaub, ich schnapp mir den mal. *Will schon zur Attacke blasen. Zögert dann, weil er sieht, dass der Schmuser aufgrund seiner Spasmen arg gehandicapt ist.*

SCHMUSER Wartet! Ich wollte es erklären. Das müsst ihr mir glauben. Aber ihr wart so vertieft in euerm Spiel. Fortgerissen von der Geschichte. Hat euch schon jemand gesagt, dass ihr Talent habt? Awesome. Hope you enjoy it!

JEHOVAH Der will uns schmeicheln, der Schmuser.

NONO Der hat die Hosen voll. Ich riech das bis hier.

SCHMUSER Glaubt ihr, euer Schicksal geht mir nicht an die Nieren? An den Wohnwagen blättert die Farbe ab. Neulich hat Winston die Rostlöcher mit Klebeband geflickt, und Nellie, dieser Wirbelwind, hat die verblichenen Gardinen vor den Fenstern durch alte Bettlaken ausgetauscht. Das stimmt doch, Nellie? Es gibt Alternativen zu der Tristesse, dieser parzellierten und in Blech gestanzten Freudlosigkeit, die unentwegt mit Engelsfiguren und Gartenzwergen unter windschiefen Pergolen getarnt werden muss, denkt mal darüber nach.

NELLIE *perplex, zu den anderen* Was solln das hier

werden?

SCHMUSER Nono, ich hab dich vor ner Woche noch die Abwasserleitung durchpusten gesehen.

NONO Bis zum Oberarm hat's mich reingezogen, ins Loch.

SCHMUSER Dürfte dir kaum entgangen sein, dass die Toilette in Wirklichkeit nie an der Kanalisation angeschlossen war, hab ich recht?

NONO Ein Geruch ist immer.

JEHOVAH *zu Nono* Hast nichts von erzählt.

SCHMUSER Die Scheiße hatte über Jahre Meter für Meter den Hohlraum unter dem Trailer aufgefüllt, bis der voll war. Jehovah, du hast es nicht bemerkt, weil ihr neben einer Kloake wohnt. Einem faulenden Siel. Im Grunde ist auf dem gesamten Gelände kein einziges Pissbecken mit irgend nem Ablauf verbunden. Es fällt nicht weiter auf, weil jeder auf seiner eigenen Scheiße schläft. Oder auf der Scheiße seines Nachbarn.

NONO Schöne Scheiße

SCHMUSER Ihr habt doch den Knall gehört?

JEHOVAH Die Gasexplosion. Durch das scheiß Methan.

SCHMUSER Den Schuss. Es war ein Schuss.

JEHOVAH *hellhörig* Aha.

SCHMUSER Die Polizei rückte an. Suchte nach dem Schützen. Sie fanden diese eingedrückte Blechdose, von außen mit nem Vorhängeschloss verriegelt. Unter der Türe war ein armbreiter Schlitz, durch den wimmernde Geräusche drangen. Die Cops brachen die Tür auf und fanden einen alten verwahrlosten Mann inmitten von Tellern voll verwester Essensreste. Er hatte versucht, sich zu erschießen, lebte aber noch. Es stellte sich heraus, dass er Alzheimer hatte. Seine Tochter, eine ehemalige Ärztin, hatte ihn eingesperrt, um die Kosten für das Pflegeheim zu sparen. Durch den Türspalt schob sie ihm das Essen rein. Durch diese Öffnung hatte der Alte aber auch den Nachbarn überredet, ihm eine Pistole zuzuschieben. Von den Zinsen, die es bei den Banken gibt, kann man nicht leben, sag ich noch zu der Ärztin. Sie haben Medizin studiert, sag ich, Sie wissen natürlich, was ein hoffnungsloser Fall ist. Aber sie dreht mir nur den Rücken zu. Schiebt dem Alten das Essen rüber und dreht mir den Rücken zu. Zum Haare raufen.

NELLIE Eine unbeugsame Persönlichkeit.

WINSTON Ne aufrechte Koryphäe. Als Ärztin.

SCHMUSER Hören Sie, sag ich, werden Sie meine Partnerin. Geschäftlich, versteht sich. Investieren Sie in Trailer Parks! Wenn Sie es richtig anstellen, können Sie ihren Einsatz innerhalb von zwei Jahren verdoppeln. Sie sind doch ein Sonntagskind?

JEHOVAH Und?

SCHMUSER Nichts. Sie wollte nicht -

NELLIE *verwundert dazwischen, zum Schmuser -* und drehte dir den Rücken zu?

SCHMUSER So wahr ich hier stehe, sie zeigte mir nen runden Rücken. *Krampfartiges Nicken des Kopfes, danach Laute wie von einem exotischen Vogel.*

NONO Töricht von ihr.

SCHMUSER Töricht, das trifft es.

JEHOVAH *sieht Nono an.* Wir hätten es uns durch den Kopf gehen lassen. Allein, um dem alten Väterchen einen ordentlichen Heimaufenthalt zu ermöglichen. Nono, dieser Kelch wäre sicher nicht an uns vorbeigegangen, das stimmt doch? *Er zieht Nono an der Schulter an sich heran.*

NONO Herzlose Dreckschlampe. Diese Ärzte sind alle gleich.

SCHMUSER Ihr seid verdammt clever.

NONO *leicht verlegen* Och.

SCHMUSER Nein, nein, das kann man aus eurem differenzierten Rollenspiel herauslesen. Ich hab ne viertel Milliarde in das Business investiert. Zwanzig Jahre. Ich seh, wer Talent hat. Ein gerüttelt Maß an Skrupellosigkeit. *Er lacht selbstberauscht.* Junge, Junge! Ich kann die Bundesstaaten kaum noch aufzählen, in denen die Wohnwagensiedlungen wie Pilze aus dem Boden geschossen sind.

JEHOVAH Irre. Das ist alles so irre.

SCHMUSER Nur bei den Mieten muss man hart bleiben. Merkt euch das!

NONO Klaro.

SCHMUSER Die monatlichen Stellplatz-Saläre von 400 auf 500 Dollar anzuheben, ist völlig okay.

JEHOVAH Das A und O. Keine Frage.

SCHMUSER Damit fremdeln viele Geschäftspartner. Ist ne brutale Hürde. Mental.

NONO Echt. Verklickere mal.

SCHMUSER Irgendwann will jeder ein netterer Parkbetreiber sein als der andere. Ist son Sittlichkeitsding. Grassiert wie ne Seuche.

JEHOVAH Aber Raubtierkapitalistenansprüche durchzudrücken, ist völlig legitim.

SCHMUSER Hab ich der Ärztin gesagt. Hat die nicht interessiert.

NONO Ich würde die Miete immer bis an die Schmerzgrenze anheben, stattdessen ein paar Annehmlichkeiten spendieren. Ein Pool für den Hund. Spielplätze.

JEHOVAH *genervt* Verursachen nur Ärger und laufende Kosten.

SCHMUSER *zu Jehovah, euphorisch* Du hast das Gen! Ich wusste es!

JEHOVAH Abkömmliche Bequemlichkeiten interpretieren die Leute gerne als Mangel an Ordnung. Dann benehmen sie sich wie Teenager ohne Aufsicht.

SCHMUSER Regel Nummer eins: Lassen Sie ihre Emotionen zu Hause! Also besser keine Spielplätze. Hab ich der Ärztin auch einimpfen wollen.

NONO Man muss die Leute daran hindern, dass sie ins Grübeln kommen. Dass sich neben einem starken Willen ein Charakter herausschält. *Er tritt, während er weiterdoziert, leicht euphorisiert zuerst vor Nellie, dann vor Winston und Jehovah.* Ziel muss ein nestwärmendes Narrativ sein! Über einen Standortwechsel darf selbstverständlich nachgedacht werden. Doch der kostet. 6000 Dollar vielleicht, meine Fresse! Darunter läuft nichts. Kann sich keine Sau leisten, was jetzt alle kapiert haben. Der Tenor bleibt immer der gleiche: Vorher hätten alle in schrecklichen Wohnungen und schlimmen Ghettos gehaust, voll von Ungeziefer und Kriminellen. Jetzt werde wie im Himmel auf Erden residiert und aufeinander aufgepasst.

JEHOVAH Die Ärztin hätte sich damit abfinden müssen: Dass ihre Mieter der Bodensatz der Gesellschaft und viele von ihnen total durchgeknallt sind. Das sind ja letztlich Fragen der Kommunikation, auch mit sich selbst.

NONO *nach vorne, konspirativ* Hör mal, Schmuser, du hast doch sicher son Vordruck in deiner Jackentasche, son Kontrakt. Je schneller die Tinte auf dem

94

Papier getrocknet ist, desto früher könnten wir natürlich Gas geben. Letztlich ist es ja eine reine - *Sucht das Wort.*

JEHOVAH *ergänzt -* Raubtierkapitalistennummer.

NONO So ist es.

Beide lachen.

SCHMUSER *argwöhnisch* Winston, du schweigst?

WINSTON *in die Runde* Ihr wollt den Park wie ein Restaurant betreiben, bei dem ihr die Gäste an die Tische kettet?

Beklommenes Schweigen.

JEHOVAH Das ist das Prinzip.

WINSTON Ihr zwingt sie, nur bei euch zu essen und erhöht ständig die Preise?

NONO Hörst dich jetzt an wien Impfgegner. Son Virusleugner. Misstrauen allenthalben, da könnt ich Gift und Galle speien.

WINSTON *packt Nono am Schlafittchen. In die Runde:* Ein Kontrakt mit der eigenen Not ist es, den ihr da schließt, fürwahr ein faustischer Pakt.

JEHOVAH *reißt Winston von Nono weg, schubst ihn kurz vor sich her.* Na wenn schon, was Besseres als die Verzweiflung kannst du uns nicht bieten.

Winston derangiert und aufgewühlt, fährt sich schnaubend mit dem Unterarm über die Lippen.

SCHMUSER *argwöhnisch, zu Nellie* Und du, hast du dir's überlegt?

NELLIE Was ist mit der Ärztin?

SCHMUSER Hat sich erschossen. Mit der Pistole des Vaters.

WINSTON *ist ermattet auf seine Knie gesunken, perplex* Hört ihr's? Das ist sein Geschäftsmodell.

SCHMUSER *zu Winston* Klingst, als wüsstest du ne Alternative. Als hättet ihr ne Wahl. Waren das nicht eure Fahndungsfotos, neulich im Fernsehen?

NELLIE *zu Winston, baff* Woher weiß der denn das?

SCHMUSER *genüsslich* Die Leute kommen schnell ins Grübeln, wenn sie an den Tag des Anschlags denken, die Erinnerung arbeitet in ihnen, selbst nach Jahrzehnten. Am Hamburger Hauptbahnhof drücken sie sich die Nasen an den Schaukästen platt, das kann ich euch sagen. Die Rote-Armee-Visagen, die sie darin zu sehen kriegen, machen ihnen Angst. Die Furcht treibt sie rüber zu diesem Gründgens-Theater, wo sie der Intendantin ins Foyer scheißen, ins spätbarocke.

NELLIE *dazwischen* Très chic. *Zum Schmuser, giftend* Arschloch.

SCHMUSER Die Menschen glauben tatsächlich, sie würde euch Obhut gewähren, die Intendantin. Wie einst den Schlägertruppen beim G20-Gipfel. Was soll ich sagen: Sie sind geradezu infiziert von dem Gedanken.

NELLIE *bagatellisierend* Alles Lüge. War nicht mal

im Haus, die Intendantin.

SCHMUSER Hat ihren kaufmännischen Direktor vorgeschickt. Als Watschenmann. Fürs Gipfel-Fernsehen.

NONO *prustend, zu Jehovah* Als Herbergsvater. *Sie gickeln. Zwicken und zwacken sich gegenseitig in Nase und Wange, klatschen sich ab.*

NELLIE *unterdessen zum Schmuser, drohend* Du, du sagst jetzt besser nichts mehr! In Ordnung? *Zu Winston, anstachelnd* Hör mal, warum erzählt der denn so was? Der hat doch Insiderwissen. Das muss dem einer gesteckt haben. Da will einer alte Geschichten aufwärmen.

Winston hat sich explizit in Richtung des Schmusers aufgebaut, entschlossen, sogleich in die Offensive zu gehen.

WINSTON Ich glaub, mit dir bin ich noch nicht fertig, Kumpel! Die Vergangenheit heraufbeschwören und windige Verträge abschließen. Mit der Erinnerung an die Bombe. Du spielst da echt mit dem Feuer, Freundchen!

NELLIE *empört* Erpressung ist das!

WINSTON Erpressung geht gar nicht.

NELLIE *aufwiegelnd* Nee, gell.

Winston, mittlerweile zu jedwedem Revanchismus bereit, hat in seinem fiebrigen Eifer eine respekteinflößende Wasserpumpenzange erspäht, die aus ei-

ner Mörtelwanne mit Bauschutt herausragt. Beim Auskübeln des Trogs scheint er in der aufstaubenden Schamott-Wolke kurz die Orientierung zu verlieren, bekommt das schwere Werkzeug aber schlussendlich sicher in den Griff. Noch beim anschließenden Vorpreschen versuchen ihn Jehovah und Nono mit roher körperlicher Gewalt zur Räson zu bringen, doch sie können Winston nicht davon abhalten, von der Bühne zu springen.

WINSTON *in der Verfolgung des Schmusers* Bleib hier, du Lump! Lauf nicht davon, dir schlag ich den Schädel ein! Nur Gott weiß, warum ich mich zügeln sollte!

Der Schmuser hat sich, unter der Vehemenz schwerer spastischer Krämpfe, zwischenzeitlich durch die Sitzreihen Richtung Ausgang gekämpft. Fluchtartig jetzt. Stößt jäh die Türe zum Gang auf. Dicht dahinter Winston, der, mit der rostigen Werkzeug wedelnd, eine Art Kriegsgebrüll anstimmt. Im Theatersaal sind die Rufe und die wilde Hatz der Männer von draußen gut zu vernehmen. Kurz darauf der Todesschrei des Schmusers. Das Geräusch, das die niederprasselnde Rohrzange auf seiner berstenden Schädeldecke erzeugt, erinnert an den Klang von splitterndem Holz. Danach Ruhe. Nellie schockstarr an der Rampe, Jehovah und Nono bedröppelt um sie herum. Nono mit dem erfolglosen Annäherungsversuch, Nellies Hand zu ergreifen.

Zudem hält sie, zur Abwehr jeglicher körperlicher Nähe, beide Arme ausgestreckt von sich. Ein Mensch gewordenes Kreuz.

NELLIE *gebieterisch, finster* Fort mit euch!
Sie gehen. Erst Jehovah, dann Nono. Der reumütig.

SIEBEN. IRGENDWANN.
WINSTON UND DER SCHMUSER

Abseits der Bühne. Eine kalkweiße Szenerie im gleißenden Licht. Der Schmuser und Winston wie mit Mehl bepudert, was der klaffenden Schädelverletzung des Schmusers eine karnevaleske Note verleiht. Winston ohne Hände, was ebenso komisch wirkt, weil er die schwere Rohrzange mit blutenden Armstümpfen ungelenk an die Brust vorhalten muss, damit das Trumm ihm nicht gänzlich entgleitet. Ein elysischer Ort, selbst für ein Traumspiel.

SCHMUSER *sitzend, überrascht* Was ist?
WINSTON Dachte, ich schau mal.
SCHMUSER Niemand denkt und schaut mal. Nicht hier.
WINSTON Ach.
SCHMUSER Ja.
WINSTON Was sollten wir denn tun? Außer glot-

zen?

SCHMUSER Hast gut reden. Bist ja nicht tot. Reden ist das Schwert der Lebenden.

WINSTON Lass mir den Spaß. Den irdischen.

SCHMUSER Ich kann ein gutes Wort für dich einlegen, das weißt du. Ist das der Grund, weshalb du gekommen bist? Gebongt! Ein gutes Wort bei der Intendantin also. Als Dank dafür, dass du es schmerzlos über die Bühne gebracht hast. *Greift sich an den gespaltenen Kopf, während ihm dämmert, dass er Winston tatsächlich so schnell nicht loswerden wird.* War noch was? Der Probentermin geht dir schriftlich zu. Mein Wort hast du ja.

WINSTON Hab sie neulich gesehen, die Intendantin, nachts, beim Planetarium. Dieser Turm.

SCHMUSER Steht häufig dort.

WINSTON Schaute versonnen. So versonnen

SCHMUSER Was du nicht sagst.

WINSTON Über die Stadt.

SCHMUSER Ihre Stadt.

WINSTON So versonnen der Blick. Von dem Rauchdeckel über der Speicherstadt bis hinüber -

SCHMUSER - zu den Glutnestern in Altona. Du sagst es.

WINSTON Den brennenden Mülltonnen. Die neue Künstlerboheme.

SCHMUSER So versonnen. So viel Qualm.

WINSTON So viel Tragödie.

SCHMUSER Trägst ganz schön dick auf.

WINSTON Ein Blick, der Dramenstoffe zu konservieren scheint. Der ganze „Titus Andronicus".

SCHMUSER So versonnen, dieser Blick. *Überlegt, verdutzt weiter.* Zum Teufel, wie hast du das herausbekommen, mit dem „Titus"? Gibst dich wissend, bist nicht einmal tot dabei.

WINSTON So stand es in der Ausschreibung, groß und breit. Letzte Woche. Dass sie Bullen suchen. Als Statisten.

SCHMUSER Polizisten in Rollstühlen. Unglückselige, die es überlebt haben, das Schlachten rund um den Wirtschaftsgipfel.

WINSTON Wusste nicht, dass es überhaupt welche überlebt haben, das Gemetzel.

SCHMUSER So munkelt man.

WINSTON Mir fehlt's da echt an Talent.

SCHMUSER Leg ein gutes Wort für dich ein. Hab's dir versprochen. Du, die Intendantin, das ist ne ganz patente Frau. *Strenger, mahnend* Deppert gucken musst du freilich aus eigenen Stücken! Sie will es ja als Laienspiel, die Intendantin. Darin ist sie ziemlich abgebrüht, ein echter Profi, kapiert? Authentisch und lebensnah sozusagen.

WINSTON *verunsichert, gehemmt* Und du - *Er stockt. Deutet beinahe mitfühlend auf den blutverkrus-*

teten Schädel des Schmusers, der bei genauem Hinsehen an einen explodierten Kürbis erinnert - und du hast wirklich nichts gespürt dabei?

SCHMUSER Sei kein Idiot. Wie ein Blitz aus heiterem Himmel. Mehr war nicht. Ein Flackern vielleicht. Ein Licht.

WINSTON War dann doch mehr ein Tsunami.

SCHMUSER Ich merk noch, wie mir was Warmes an den Ohren runterläuft. Wie Graupensuppe.

WINSTON Krass.

SCHMUSER Du, den Schlag, den muss ein anderer abbekommen haben, glaub mir! Total matschige Birne. Keine Erinnerung. Nix. Hast es ganz schön krachen lassen, was? Du hast doch hoffentlich Gas gegeben?

WINSTON Kurz und schmerzlos. Da gibt's keine halbe Sachen.

SCHMUSER Das ist so drastisch. So krass ist das. Bistn wahrhaftiger Schlagetot, verstehst eben, wie man jemanden angemessen zurichtet.

WINSTON *leicht aufgekratzt* Hab früher mal nen Hirnschlagpatienten gespielt, echt jetzt. In nem Stück von Sam Shepard, glaub ich, hab ich das mal erzählt? Musste ständig mit den Augen rollen und der Speichel ist mir dabei in Bächen aus dem schiefen Maul geschossen. Hinterher war alles immer ganz ausgetrocknet. Dieses irre Mienenspiel ist mir quasi in die Wiege gelegt worden. Manchmal denk ich sogar, ich bin als Kriegsversehrter auf die Welt gekommen.

SCHMUSER Echt? Wie krass ist das denn?

WINSTON Ich sag das nur, mit dem Shepard, falls du ne Expertise brauchst. Für die Intendantin.

SCHMUSER Nee, lass mal. Aber Kopfverletzungen sind schon geil, Schlaganfälle gehen eigentlich immer. Oder irgendwas an der Wirbelsäule. Jeglicher Wahnsinn ist gut, die i-Tüpfelchen, wenn du mich fragst.

WINSTON Neulich hab ich sie die Lange Reihe rauf- und runterkutschieren sehen. Die Intendantin. In ihrem Bentley. Sah aus wie früher beim Moshammer im Münchner Strichermilieu.

SCHMUSER Weiß auch nicht, wo sie es aufspürt, das queere Völkchen, diese verfluchte Diversity. Irgendwo in St. Georg muss es ne geheime Aufzuchtstation für so etwas geben. Das Kranke. Aber was sie wirklich sucht, findet sie nicht.

WINSTON *hellhörig* Erzähl mal.

SCHMUSER *eleusinisch* Das Siebte Geschlecht.

WINSTON Krass. Was solln das sein?

SCHMUSER Weiß auch nicht. Beharrlich durchkämmt sie die Stadt danach. Bis hinunter in die Katakomben

WINSTON Alles Normalos, was?

SCHMUSER Heteros, so weit das Auge reicht. Du, die sollen sogar glücklich sein!

WINSTON Echt jetzt?

SCHMUSER Beglückt von den eigenen Kindern.

WINSTON Nicht zu fassen. Wie krass ist das denn?

SCHMUSER Dabei auf normalem Wege gezeugt.

WINSTON Ausgetragen wohl auch?

SCHMUSER Ganz ohne Reagenzgläser und russische Ärzte, nix Chemiebaukasten, verstehste? Wohin man auch blickt: allenthalben Normalität. Und Glück.

WINSTON Krass.

SCHMUSER Sogar Hagenbeck soll sie ersucht haben, die Intendantin. In ihrer Not. Konnten der was von Feuerländern, Eskimos oder Samoanern erzählen, von Zwergen und Siamesischen Zwillingen, vermutlich auch was über lesbische Hebammen. Über das Siebte Geschlecht aber haben sie nichts gefunden, nicht mal im Archiv, das findet sich nur im Parteiprogramm der Grünen.

WINSTON *empört* Dann soll sie dem doch die Hauptrolle geben, dem Parteiprogramm der Grünen.

SCHMUSER Na, du bist mir einer, genauso will sie es machen! Stell dir das mal vor: Ein Stapel Papier als Rampensau! So krank.

WINSTON *verdattert* Und - und wo bleibt jetzt das

Handicap?

SCHMUSER Was fürn Handicap?

WINSTON Menschen mit Handicap. Mit denen arbeitet sie doch sonst.

SCHMUSER Dafür hat sie die Polizisten, schon vergessen? Das strukturelle Problem. Der braune Fleck. Der ist der Sidekick. Jetzt braucht sie nur noch die Opferfamilien, um die billigen Plätze vollzubekommen.

WINSTON Die Bullenopferfamilien.

SCHMUSER Right, Sir.

WINSTON Die darüber hinaus zur Wundversorgung der gespalteten Schädel abkommandiert sind.

SCHMUSER Dickschädel, gespalten von Dachziegeln, die es aus blutenden Himmeln regnet.

WINSTON Aus gebranntem Ton.

SCHMUSER Dem Papa aufs Haupt, aufs faschistoide.

WINSTON Bloß feste druff!

SCHMUSER Aufs Bullenpapahirn.

WINSTON Schädel spalten, Traumata freilegen. Im Minutentakt.

SCHMUSER Spalten und abdecken. Ganze Dächer.

WINSTON *gespielt empört* Viele Stadtviertel sind schon gänzlich ohne Pfannen.

SCHMUSER Wen wunderts, verlangen diese dünnhäutigen Hirnhäute doch beharrlich nach Vorderladermunition.

WINSTON Alles Gute kommt von oben.

SCHMUSER Wenn's nur nicht so aasig riechen würde. Sag nicht, du riechst nichts!

WINSTON Die braune Gehirnsoße müsste bloß mal schneller in den Gullys vergurgeln, igitt!

SCHMUSER *in Richtung Theater-Oberrang blickend, hingerissen* Sieh nur, wie sie dort droben malochen. Klimaretter. Weltenretter. Weltenbrandzündler in solch schwindelnder Höhe. *Inbrünstig* Systemverweigerer aller Länder, vereinigt euch! *Berauscht, nach oben rufend, weihevoll* Hört, ihr vielarmigen, Masken tragenden Bartträger morgenländischer Provenienz, die ihr blindlings wütet auf jenen backsteinroten Zinnen, von wo aus jetzt Geschichte geschrieben wird! Mögen die Blickfelder durch die Sehschlitze begrenzt sein, so gehen die Geister des Umsturzes doch ungeziert ans Werk. Habt ihr sie schon erspäht, die schweren Trümmer vom Ortgang und vom First? *Pause, dann Erleichterung* Ja, genau dort. Tragt die tönernen Klinkerreihen mal als erste ab, damit das Resultat gar niederschmetternd ausfallen mag.

WINSTON *anerkennend* Welch zirzensische Anmut hoch über den Straßen, die schnell zu reißenden Bächen anschwellen, in denen Legionen von Bullen wie Korken in ihren eigenen Körpersäften aufschwimmen. *Zum Schmuser, besorgt* Du, erkennen die eigentlich von dort oben, wohin sie werfen müssen, wenn die Bullen jetzt überall zwischen den wehenden Regenbogenfahnen Stellung beziehen?

SCHMUSER *pathetisch, rufend* Friede den Hütten, Krieg den Palästen!

WINSTON *sich einreihend* Kapitalismus, scheiße wie noch nie! Für Kommunismus und Anarchie!

SCHMUSER *verwundert, direkt zu Winston* Der war gut. Konspirativ Woher hastn den?

WINSTON Schülerdemo. Einundsiebzig.

SCHMUSER *verblüfft* Ich pack's nicht.

WINSTON *durchdrungen, lauter* Ob Ost, ob West, nieder mit der Nazipest!

SCHMUSER *nachfolgend posaunend* Schießt die Nazis auf den Mond, das ist Raumfahrt, die sich lohnt!

WINSTON Widerstand ist wunderbar, autonome Antifa!

SCHMUSER Was macht allen Bonzen Dampf? Klassenkampf, Klassenkampf!

WINSTON Nazis morden, der Staat schiebt ab, das ist das gleiche Rassistenpack!

SCHMUSER Lasst es glitzern, lasst es knallen, Sexismus in den Rücken fallen!

WINSTON Eure Kinder werden so wie wir, eure Kinder werden queer!

SCHMUSER Schwarz war die Nacht, weiß war der Schnee, von allen Seiten die Rote Armee!

WINSTON *innehaltend, irritiert* Du, hör mal, geht das jetzt nicht in die falsche Richtung?

SCHMUSER In was denn für ne Richtung?

WINSTON So in die Ecke Staatszerlegung.

SCHMUSER Wenn schon.

WINSTON Wenn schon? Bist nicht bei Trost.

SCHMUSER Freiheit entsteht durch die kämpfende Bewegung, mach dir das bewusst! Hätte ooch nie gedacht, dass ich durch den Tod zum Revoluzzer werde. Der Klassenkampf ist nichts für die Lebenden, Winston, er taugt nicht für den Erdenmenschen. *Er deutet in Richtung Oberrang.* Warum legen sich diese Fremden wohl so ins Zeug? Was meinst du? Die Kleidung klebt ihnen wie eine zweite Haut am Körper, ihr Schweiß rinnt über die Protektoren und findet den Weg in die Dachrinnen. Sie tun es auch für uns, verstehste, so sieht gelebte Solidarität aus.

WINSTON Ohlala, Ohlele, solidarité avec les sans-papiers! Sie werden die hagenbeckschen Völkerschauen selbstredend noch als persönliche Demütigung ausschwitzen. *Fasziniert* Nach über einhundert Jahren. Kein Tropfen ihres Schweißes darf verloren gehen. Say it loud, say it clear, refugees are welcome here.

SCHMUSER Wer hat uns verraten?

WINSTON Die Sozialdemokraten.

SCHMUSER Wer war mit dabei?

WINSTON Die grüne Partei.

SCHMUSER Wer verrät uns nie?

WINSTON *und der* SCHMUSER *gemeinsam, kämpferisch* Die Anarchie!

Sie lachen. Beide blicken erneut hinauf zum Rang. Besorgt. Ab und an wabert Trockeneis-Bodennebel, der im Fortlauf des Dialogs immer dichter werden wird, über die Bühne.

WINSTON Du, ich glaub, die kriegen keine Luft mehr.

SCHMUSER Wie auch, wenn die Tücher Nasen und Münder bedecken.

WINSTON Ich kann das Japsen nicht mehr hören. Ich ertrag das nicht. *Zum Schmuser* Du hörst es doch auch, das spastische Hecheln, das die spalterischen Krawalle auf den mit Hirnmasse verunreinigten Straßen schon übertönt? Warum tun die uns, warum tun die sich das an? Hinweg mit Europas Mauern, runter mit den Tüchern!

SCHMUSER *hält sich erschrocken die Hand vor den Mund.* Ich glaub, dort drüben sind die ersten vom Dach geplumpst. Völlig hilflos stolpern die jetzt über die Lattung, kastriert von schwarzen Gesichtslappen und vom regenbogenfarbenen Fahnenmeer zu ihren Füßen ausnahmslos in die Irre geleitet.

WINSTON Wie blind. *Ins Publikum* Kann hier noch jemand was erkennen?

SCHMUSER Wo bleibt eigentlich der Sauerstoff? Ist das nicht Aufgabe der Bullen? Waren die nicht in Afghanistan? Sieht die noch jemand bei Hochwasserkatastrophen?

WINSTON *rutscht für einen kurzen Augenblick auf etwas Glitschigem, das sich unter dem Nebelmeer verborgen hat, aus, kann sich aber fangen, aufgewühlt* Kriegen es nicht mal gebacken, die eigene braune Soße abzupumpen. Bullen, Soldaten, Feuerwehrleute, ganz einerlei. Die Uniform ist der entfesselten Soldateska ihr Stützkorsett. *Blickt sich um, fragend ins Publikum, fordernd* Kann hier bitte mal jemand die Gullys freispülen?

SCHMUSER Keiner dieser Exoten weiß noch, was er tut.

WINSTON Der Staatsmacht ausgeliefert. Willkürlich.

SCHMUSER So orientierungslos. Bildet Banden, möchte man ihnen zurufen.

WINSTON Dabei hätte es ein so friedfertiges Bild sein können: Exoten mit Tonerden in Händen. Annähernd museal. Wie ein Gemälde von Nolde.

SCHMUSER Gebrannte Erde, rot und ausgehärtet, die augenblicklich zur tödlichen Waffe wird.

WINSTON *nachsichtig* Was nun wirklich niemand voraussehen konnte. Niemand.

SCHMUSER Also, ich würde denen ebenfalls Obhut gewährt. Lebenslanges Asylrecht. Der Exotik wegen. Nicht bloß im Malersaal.

WINSTON Und wer soll die Miete zahlen? Der kaufmännische Direktor?

SCHMUSER Der Hagenbeck natürlich.

WINSTON Der sich die Miete freilich über den Eintritt zurückholt.

SCHMUSER Was fürn Eintritt?

WINSTON Für den Menschenzoo. Die Kolonialschauen bekanntermaßen. Oder was glaubst du, für was dieses moderne Asylrecht steht?

SCHMUSER *blickt erneut empor Richtung Rang* Worauf warten die nur? *Er ruft hinauf.* Brüder und Schwestern, worauf wartet ihr? Greift zu den Waffen!

WINSTON *rätselnd* Warum bloß sind sie nicht daheim geblieben, in Gottes Namen, diese schildtragenden Unordnungshüter? *Guckt sich einen männlichen Zuschauer aus, den er direkt angeht* Sie, genau Sie! Ja, Sie. Haben Sie sich in letzter Zeit mal die Gullys angesehen? Ist ne Riesensauerei, was? Ist ihnen vorhin zufällig der Fäulnisgeruch auf dem Pissoir in die Nase gestiegen? *Verhaltene Reaktion des Zuschauers.* Sie waren doch hoffentlich vor der Vorstellung auf der Herrentoilette? *Lacher im Saal, der Angesprochene nickt pflichtschuldig, weiter an das gesamte Publikum* Denkt hier vielleicht jemand an die Helden der Stadtreinigung?

SCHMUSER *rätselnd* Was ist mit den Bullen? Hat die eigentlich jemand gewarnt?

WINSTON Diese haarspalterischen Familienväter mit ihren schon sehr bald darauf gespaltenen Schädeldecken? Irgendeiner muss die doch gewarnt haben. Der Olaf vielleicht?

SCHMUSER Hat er bestimmt. Ich kenn doch den Olaf. *Nachdenkend* Oder war der joggen?

WINSTON In jedem Fall haben sie es drauf angelegt, wenn du mich fragst. Ne echte Provokation. Das ist doch ne Provokation?

SCHMUSER Aber dicke.

WINSTON Ein Leichtsinn bleibt's allemal. Ist ja alles strukturell bei denen. Wie die Uniformen, so der Leichtsinn.

SCHMUSER *angestachelt* Selbst dran schuld, sollte man denen mal sagen -

WINSTON - auf die Köpfe zusagen. Sozusagen -

SCHMUSER - auf die gespaltenen -

WINSTON - die familienväterlichen, aus denen pausenlos Blut und haltlose Vorwürfe suppen. Sperrfeuerartige Wortkaskaden. Gegen die Intendantin. Wie schamlos. Pfui.

SCHMUSER Siehst du den Geifer, der sich in ihren Mundwinkeln sammelt?

WINSTON Aufgeschwemmte Antlitze in Reih und Glied, entsetzlich entstellt, wie von nachströmender

112

Gischt geschliffen.

SCHMUSER Übel riechender Ausfluss, von der brutpflegerischen Familienbande blitzartig in Tissues kanalisiert.

WINSTON Bei der papiernen Premierenfeier.

SCHMUSER Wo sonst?

WINSTON Zu Lavinias Martyrium.

SCHMUSER Bei dem man ihr Hände und Zunge abschneidet.

WINSTON *weiter, während er verwundert seine Armstümpfe betrachtet* Worauf sich Titus an den Brüdern rächt. *Er hebt den rechten Stumpf zu einem Gruß* Zunge zeigen! Gegen rechts!

SCHMUSER Gewiss aus Chiron und Demetrius Leichen eine Pastete bereitet -

WINSTON - und sie anreicht.

SCHMUSER Im Foyer. Dem zugeschissenen.

WINSTON Wo sonst?

SCHMUSER Wo sie zum Partykracher avanciert. Die Pastete.

WINSTON Beim Natterngezücht und in Bullenkreisen.

SCHMUSER In denen sich die Intendantin so grazil bewegt.

WINSTON Sieht sie in ihrem rückenfreien Kleid nicht umwerfend aus?

SCHMUSER Inmitten der Rollstühle und des Sekretion abschöpfenden Plebs.

WINSTON Dazu rückenfreie Häppchen reicht. Gekühlt und streng rationiert.

SCHMUSER Eiskalt abgezählt.

WINSTON Schädeltraumagerecht proportioniert.

SCHMUSER *ermahnend* Langsam, langsam, bitte ab jetzt nur kleine Bissen in die fleischlippigen Mundhöhlen einbringen! Ein Häppchen in jeden der schwanzlurchigen Püreeschlunde.

WINSTON Wie tapfer sie anbeißen.

SCHMUSER Preußisch gar.

WINSTON Augenscheinlich so lange, wie die polizeitypische Querschnittslähmung sie dazu befähigt. Happen für Happen in wirbellose Beamtenhälse.

SCHMUSER *spitz, abschätzig* Schau nur, diese nimmersatten Grundeln!

WINSTON Karpfengetier in fauligen Dorftümpeln.

SCHMUSER *abgestoßen* Wie rundmäulig sie nach oben stoßen: Abscheulich zuschnappende Kiemenreusen.

WINSTON Wie frech und beherzt diese pockennarbigen Ballongesichter ihren Nachschlag einfordern! Unersättlich.

SCHMUSER Krass.

WINSTON Ich glaube, die Intendantin ist gegangen und greift auf die eiserne Reserve zurück.

SCHMUSER Die pure Verzweiflung.

WINSTON So viele Hände, so viele Zungen. Auf Eis.

SCHMUSER *angespornt, deutet dringlichst auf Winstons Rohrzange* Hör mal, kannst du mir damit noch mal eins überbraten?

WINSTON Wie meinst'n das?

SCHMUSER Na so, dass ich es mitbekomme. In Realtime. Verstehste?

WINSTON Krass.

SCHMUSER Ne wirklich brauchbare Schädelfraktur, was ist?

WINSTON Koma. Siechtum. Beatmungsmaschinen. Wie lange? Ein Monat?

SCHMUSER Hast's kapiert, was?

WINSTON Ne tapfere tailändische Nachtschwester.

SCHMUSER Weißt eben, was sich gehört.

WINSTON Amore, anarquia, autonomia.

SCHMUSER Seh sie schon ans Krankenbett treten -

WINSTON - in den frühen Morgenstunden, die Augen voller Tränen -

SCHMUSER *dazwischen, befreit* - und zu Buddha betend die Maschinen abstellen.

WINSTON Buddhisten beten zu keinem Gott. Die kennen nicht mal Marx.

SCHMUSER Woher willst'n das wissen? Vielleicht hat sie sich für nen philosophischen Weg entschieden. Was ist, willst du reden oder performen?

WINSTON *unsicher* Weiß nicht.

SCHMUSER Ein einziger Hieb. Komm, traust dich wohl nicht?

WINSTON Weiß nicht.

SCHMUSER *mitfühlend* Merk schon, im Grunde bist du längst tot. Genau wie ich. Du atmest nur durch die Verzweiflung.

WINSTON Kannst klug daherreden. Mit deinem Trümmerschädel.

SCHMUSER Hast du dich mal atmen gehört? Wien alter Mann, jede Dampflok klingt im Vergleich wien Orgelkonzert. Hör mal in dich hinein, Winston, hör dich mal atmen! *Er mustert Winston, wie der jetzt die Armstümpfe vor Mund und Nase hält und konzentriert seinem Atem lauscht.* Ist das etwa ein Luftholen? *Beide hören, andachtsvoll* Also, ich hör nur ein Röcheln. Bist nur noch am Leben, weil die scheiß Erinnerung es dir erlaubt, was? *Ermunternd* Mach schon, schlag zu!

Winston wirkt zu jeder Schandtat bereit, hat in seinem angestachelten Eifer aber völlig vergessen, dass er keine Hände hat, um die Eisenzange als einen wirkmächtigen Totschläger einzusetzen. Stattdessen rutscht ihm das schwere Werkzeug bereits bei der Ausholbewegung unter Ächzen von den nässenden Unterarmstümpfen, hüpft anschließend krachend über den Bühnenboden. Winston schaut der Zange, die schwach aus dem abzie-

116

henden Bodennebel heraussticht, fassungslos hinterher.
SCHMUSER *in sich zusammengesunken* Trottel!

ACHT. SEHR FRÜHER MORGEN.
NELLIE, JEHOVAH UND NONO

An der Deponie, Vollmond. Man sieht Nellie Nono vom Trailer wegschleifen. Sie zerrt ihn mit den Füßen voran an den Rand der Halde, von dort bugsiert sie den leblosen Körper unter großer Kraftanstrengung in die Erdsenke. Danach wird sie den kompletten Hergang mit Jehovahs Leiche durchexerzieren. Weil am Ende ein Bein des Toten absurd komisch aus dem Loch ragt, muss Nellie, die es sich schon gemütlich gemacht hatte, noch einmal beherzt zupacken, um verräterische Spuren zu verwischen. Mit letzter Kraft robbt sie auf allen vieren nach vorne.

NELLIE *keuchend, auf den Knien.* Wir sehen glücklich aus. Glücklich und befreit, findest du nicht, Winston? Wir müssen uns auch keine Mühe mehr geben. Für wen auch? *Pause, in der sie irritiert nach ihm Ausschau hält, aber nicht in Gänze erfasst, dass sie alleine ist.* Winston? Hast du mir nicht eben gerade die gläsernen Ampullen gereicht? Winston, wo bist du? Es hat dir doch nichts ausgemacht, Nono abzulenken, während ich mit Jehovah zugange war? Nono, dieser kleine Scheißer. Wie er den krampfenden Jehovah unbedingt ein letztes Mal in die Arme schließen musste. Beinahe rührend. Aber irgendwie maßlos. Mir werden die Zügellosigkeiten beim letzten Waffengang immer fremd bleiben. Dabei ist es von zentraler Bedeutung, beim Kehlenschnitt alle Sinne beisammen zu haben. Nur beim beherzten Schnitt durch den Hals kann sichergestellt werden, dass beide Hauptschlagadern sauber durchtrennt werden, worauf das Gehirn ohne Blutzufuhr bleibt und jede Schmerzempfindung ausgeschaltet ist. Nonos konvulsivische Zuckungen sind im Grunde nur die mechanischen Reflexe eines gefühllosen Tieres. Hast du mir mal erklärt, Winston, jetzt kannst du dich schlechterdings nicht mehr daran erinnern, stimmt's? Auch dass ein Ausbleiben von Schreien noch kein Beleg für Schmerzfreiheit ist. *Etwas geharnischt* Gib zu, dass es dich überrascht, dass deine kleine Nellie eine so gelehrige Schülerin war! Ach Winston, was ich dich fragen wollte: Du hast das Messer doch beiseitegeschafft? Den Hirschfänger? *Während sie ausredet, sieht man, wie ihre zitternde Hand sehr langsam einen blutigen Hirschfänger freigibt. Nellie muss ihn schon über eine längere Zeit verdeckt am Körper getragen haben, weil die Region um ihre Hüfte tiefrot eingenässt ist. Sie wirkt bass erschrocken, irri-*

tiert und angewidert, wirft die Jagdklinge schließlich angeekelt fort. Wir müssen jetzt schlafen. Der Tag hat vierundzwanzig Stunden. Wenn wir zu erschöpft sind, nehmen wir die Nacht dazu. Das Jahr. Sicher wirst du uns die afrikanische Bettwäsche mit dem Antilopenmuster aufgelegt haben. Wir sind die, die man weggekickt hatte. Die, die trotzdem immer wieder zurückkamen. Wie Kai aus der Kiste. Blutig trage ich mein Haupt nun, aber erhoben. Sehen wir nicht glücklich aus, Winston? *Pause, in der sie erneut erfolglos nach ihm Ausschau hält. Jetzt angstgelähmt.* Winston?

NEUN. ABENDS.
NELLIE UND WINSTON

Draußen. Nellie auf der Hollywoodschaukel, leicht wippend. Winston tritt von hinten an sie heran. Die Stimmung ist trist und niedergeschlagen. Nellie summt leise „Yellow Submarine", den Gassenhauer der Beatles. Winston stimmt brummend ein. Weil beide sediert und antriebslos wirken, klingt es eher befremdlich.

WINSTON *nach einer Weile.* Die Beach Boys. Mein Gott, wie lange ist das her?
NELLIE „Yellow Submarine".

WINSTON Die Hollies. Sag ich doch.

NELLIE Gib dir keine Mühe, das sagst du nur, um mich aufzuheitern. Alter Lügner.

WINSTON *ahnt, dass Nellie auf etwas anderes hinauswill. Er geht ein paar Schritte.* Ich hab die Frage nicht erwartet. Das wirst du mir natürlich nicht abnehmen. Ich wusste, du wirst sie dir verkneifen.

NELLIE Aus Stolz? Oder aus falsch verstandener Rücksichtnahme? Was meinst du?

WINSTON Muss mir jedenfalls keine Lügen einfallen lassen. Die Routine war immer dein Metier.

NELLIE Dann ist es Rücksichtnahme.

WINSTON Okay, ich war in der Stadt. Hab die Farben verkauft. Zufrieden?

NELLIE Die Ölfarben? Mein Gott.

WINSTON Bist du gekränkt?

NELLIE Dass du's mir erzählt hast?

WINSTON Dass ich den Farben abgeschworen habe. Den Panoramen.

NELLIE Aber das Leben ist nun einmal grau. Wer Farben darin sieht, sollte zum Arzt gehen.

WINSTON Ich bin dieser Flucht so überdrüssig. Der Postkartenidylle, der Zukunft. Dem Land überhaupt. Seit Schmidt-Schnauze tot ist, geht es ans Eingemachte.

NELLIE Wir hatten eine Übereinkunft, erinnerst du dich? Wir wollten die Vergangenheit hinter uns

lassen. Eimsbüttel, die Erdbunker, die alles aufzeh-
rende Marsch. Dieser Sog an Geschichten, sie sollten
einfach nicht mehr über unsere Lippen kommen.

WINSTON Aber die Nordsee holt sich das Land zurück. Die Elbe, ein einziges Binnenmeer! Wir sind
die ersten Opfer der Klimakatastrophe. *Betrauernd*
All die abgesoffenen Depots. Hat uns dieser Tes-
la-Typ eigentlich auf seine Warteliste gesetzt?

NELLIE Er muss die Marsatmosphäre noch mit
Sauerstoff anreichern.

WINSTON An der Alster tanzen sie schon Tango
mit toten Fischen auf ihren Balkonen. Nellie, hast
du dich mal im Spiegel betrachtet? Stopfst dir den
Großteil des Jahres die Hosenbeine in schmatzende
Gummistiefel. Wir leben in einer Badewanne, ver-
dämmern die Tage in einer rostpickeligen Blechdose, drei Meter unter dem Meeresspiegel. Hätte das
Theodor Storm damals nicht auffallen müssen?

NELLIE Der kam aus Husum.

WINSTON Husum ist schon Badewanne. Aber hallo!

NELLIE Wie schwach du doch bist. Ich dachte die
ganze Zeit, ich sei diejenige, die unsere Sache verraten würde. Nichts da.

WINSTON Schwach? Nellie, ich habe dich gerade
„Yellow Submarine" summen hören. Die Byrds. Das
kann als Warnsignal verstanden werden. Ich denke,

der Typ hätte einfach seine Klappe halten müssen. Warum musste er ausgerechnet die Chose mit der Bombe aufs Tapet bringen, was glaubst du? Die Hamburger Zelle. Die ist ein echtes Tabu. *Er lauscht.* Hörst du das Brummen der Windräder?

NELLIE Nö.

WINSTON Hab ständig diesen Ton im Ohr. Dachte erst, der Kühlschrank kollabiert.

NELLIE Mich hat's nie gestört beim Träumen.

WINSTON Der Infraschall macht die Leute krank, die Schwingungen und Schlagschatten verfolgen sie bis in die Häuser hinein. Ist ein langsamer Prozess. Bevor sie ersaufen, werden sie dem Wahnsinn anheimfallen, das schwör ich dir.

NELLIE Wären sie finanziell am Windpark beteiligt, könnten sie auch wieder ruhig schlafen.

WINSTON Brunsburenkoog. Schon der Name klingt nach nem heftigen Katarrh, nach ner echten Pandemie. Nach leukämiekranken Kindern und kotverschmierten Kühen, die keine Milch mehr geben. Haben sie diesen Atommeiler noch am Netz? Hier lebt man doch nur, um irgendwann wegzugehen.

NELLIE *deutet in die Richtung von Jehovahs und Nonos Behausung, besorgt* Ich hab die beiden heute noch nicht zu Gesicht bekommen. Grabesstille. Den ganzen Tag. Glaubst du, sie haben sich was angetan?

WINSTON Wälder, die in kargen Steppen sprießen.

Ich muss blind gewesen sein. Verblendet.

Nellie stoppt das Hollywoodschaukel-Wippen.

NELLIE Nicht einmal das Katzenstreu hat Nono zu den Fässern gestellt. Ich weiß, für was du ihn hältst. Für eine faule Sau. Dabei ist er so scheiß penibel bei Gerüchen. Ich kenn den doch.

WINSTON Dann dieser Schnee! Und überall Skilifte, wohin das Auge blickt. Das Schlitzauge. Lifte an Orten, an denen noch nie eine Flocke Schnee gefallen ist. Ich glaub, dass die gar nicht Skifahren können, diese chinesischen Heuschrecken.

NELLIE Keine Sorge, ich frag dich nicht.

WINSTON Was denn?

NELLIE Ob du mal nach dem Rechten siehst, wenn du bei ihnen vorbeikommst.

WINSTON Sollte ich?

NELLIE Komm, ich seh dich dort jeden Abend die Nase rümpfen.

WINSTON Glaub ich nicht. Auf die Entfernung sieht niemand, wenn jemand die Nase rümpft.

NELLIE Ich bilde mir ein, Tragödien haben einen Geruch. Ich rieche so etwas. Auch wenn ich keine Mutter bin. Wenn Menschen in ihrem eigenen Blut liegen. Nachdem man ihnen die Kehle durchtrennt hat.

WINSTON Hört sich an, als würdest du es herbeisehnen.

NELLIE Wie du das sagst, klingt es ekelhaft. So suggestiv.

Nach einem Donnerknall erstrahlt die Umgebung augenblicklich in einem glanzvollen Rot. Wie beim Abschuss einer Leuchtkugel. Nellie und Winston blicken bedachtsam in den Himmel.

NELLIE Was war das?

WINSTON Das Feuerwerk. Sie beschließen den Wahlkampf. Morgen sind Nachwahlen.

NELLIE Zum dithmarscher Kreistag?

WINSTON Zum Senat. Übermorgen auch.

NELLIE Kreistag. Senat. Karnevalspräsidium. Alles Banane. Bringen sie's im Radio?

WINSTON *setzt sich zu ihr.* Weiß nicht.

NELLIE Sie bringen, was sie verkaufen können.

WINSTON Die Zentren unseres Verstandes haben sie schon lahmgelegt.

NELLIE *kraftlos, spottend* Verstand. Noch so ein Auslaufmodell.

WINSTON Die Synapsen. Gekappt. Unsere Gehirne. Kurzgeschlossen. Durch Radiowellen.

NELLIE Glaub eher, die tun uns was ins Essen.

Erneut erstrahlt die gesamte Bühne, diesmal unter einem bunten, blitzartigen Raketenregen, in opulenten und wechselnden Farben. Dazu gewaltige Kanonenschläge und dumpfes Geböller. Nellie und Winston sehen aus, als hätte man sie direkt neben einem Arsenal mit flackernden Leuchtstoffröhren platziert. Nach zwei oder drei Minuten ist der Spuk, der deutlich an Dave Bowmans Zeitreise durchs transdimensionale Sternentor in Kubricks Film „2001" erinnert, vorbei.

NELLIE Muss ein Vermögen gekostet haben, das Feuerwerk.

WINSTON Entfaltet gewiss keine Wirkung mehr. Was sie uns ins Essen mischen.

NELLIE Aber schön war es. Das musst du zugeben.

WINSTON Ich hab das Trinkwasser in Verdacht. Wasser ist ja unschuldig. Wie Kinder. Zuallererst.

NELLIE Glaubst du, sie haben Spielberg angeheuert? Den Meister für übersinnliche Phänomene?

WINSTON Es ist sicher das Wasser.

NELLIE Seine kindliche Erzählperspektive fand ich schier betörend, die Effekte haben mich hingegen kalt gelassen. Als junge Frau denkt man daran, wenn man bei Spielberg im Kino sitzt und Tränen vergießt.

WINSTON *steht auf.* Ich mach dir nen Johanniskrauttee. Der lässt die Seele lächeln.

NELLIE Zu der Zeit hatten wir schon Gewissheit. Das stimmt doch, Winston? Da war längst klar, dass wir keine Kinder bekommen können.

WINSTON Wir hätten diesem Arzt den Prozess machen müssen.

NELLIE *prohibitiv* Ach, du großer Gott.

125

WINSTON Der Gerechtigkeit halber.

NELLIE Gerechtigkeit? Zu so etwas hat der menschliche Geist keinen Account. Überlassen wir sie lieber den Göttern, diese Gerechtigkeit. *Pause.* Und verzeihen wir den Ärzten.

WINSTON Er hatte deine Pussy mit nem Readymade von Lichtenstein verglichen, Nellie, ich bitte dich!

NELLIE Er hatte meine Eierstöcke mit der Honigpumpe von Joseph Beuys verglichen, um im Bild zu bleiben. Großer Gott, ja.

WINSTON *reicht ihr den Tee.* Zucker?

NELLIE *nimmt den Tee.* Nee, lass mal.

Winston bleibt jetzt lieber stehen.

WINSTON Wahrlich, dieser Abend ist zu betörend, um sich Schlafen zu legen.

NELLIE Keine Sorge, ich frag nicht.

WINSTON Wonach?

NELLIE Wohin es dich treibt. Dass du bei unseren Freunden vorbeischauen wirst, kann ja offensichtlich ausgeschlossen werden.

WINSTON Im Grunde kennen wir uns viel zu lange. Wieviel Jahre sind es?

NELLIE Hätte uns Spontanität vor Zynismen geschützt? Über die Jahrzehnte? Ich denke jetzt nur an die derben Gemeinheiten, Winston. Die Sauereien.

WINSTON *will schon gehen, dreht sich noch einmal*

um. Heute noch Hinrichtungen?

NELLIE Hab's drangegeben. Hab ich's dir nicht erzählt?

WINSTON Sie sollen sie verkauft haben.

NELLIE Wen?

WINSTON Die Todeskandidaten. An Oligarchen. Die Maffia. Den regierenden Bürgermeister. Den Intendanten des Ohnsorg-Theaters. Für Schlachtvideos.

NELLIE Wer sagt so was?

WINSTON Der Gouverneur. Twitter. Die neue Regierung. Der dithmarscher Kreistag, meinethalben.

NELLIE Wahlkampf. Da siehst du's. Sie haben noch nicht genug. Sie wollen die totale Vernichtung.

WINSTON Die meisten, die sie töten, sind Nigger.

NELLIE Ich kann ihnen nicht mehr in die Augen sehen. Bevor sie sterben. Winston, kannst du das verstehen? Ich dachte, es würde sich bessern, ich dachte, ich könnte irgendwann durch alles hindurchsehen, nach all den Jahren der Dunkelheit. *Fasst sich unvermittelt an die Brust.* Es ist alles so glibberig geworden hier drinnen. Wachsweich.

WINSTON Ich schau mal nach dem Brunnen. Neulich sind dort Blasen aufgestiegen.

NELLIE Ich schlaf schon, wenn du kommst.

WINSTON *im Abgehen.* Denk an den Tee. Er wird dich beruhigen.

ZEHN. MORGENS.
NELLIE UND WINSTON

Sonnenaufgang. Winston ist zurück. Dasselbe Setting wie im Bild davor. Nur Nellie ist leblos in ihrer Hollywoodschaukel eingesunken, windschief mit offenen, starren Augen. Bläulicher Schaum um den Mund der Toten herum, teils eingetrocknet. Neben ihr das Teeglas, fast geleert. Winston trottet wie eingerostet und in Zeitlupe um Nellie herum, schließt ihr schlussendlich die Augen. Danach bringt er das Glas zur Anreiche und schaltet das Radio ein. Belangloses Bluegrass-Gefiedel von Bill Monroe, das von einer leicht alarmistischen Moderatorinnenstimme abgelöst wird, die sich gegen Hubschrauber-Rotorengeräusche behaupten muss.

RADIOSTIMME ... WIR UNTERBRECHEN DAS LAUFENDE PROGRAMM FÜR EINE WICHTIGE DURCHSAGE. WIE DIE POLIZEIBEHÖRDE IN DITHMARSCHEN BESTÄTIGTE, IST AM GESTRIGEN ABEND EIN ATTENTAT AUF DEN NOCH AMTIERENDEN LANDRAT VERÜBT WORDEN. DER ANGRIFF EREIGNETE SICH WÄHREND EINER VERANSTALTUNG VOR PATRIOTISCH GESINNTEN BÜRGERN EINES ZU EINEM TRAILER PARK UMGESTALTETEN

WESTERNDORFES. EINE SELBST ERNANN-
TE SEPARATISTENORGANISATION, UNTER
DER SICH ZAHLREICHE CORONALEUG-
NER UND STECKBRIEFLICH GESUCHTE
ROTE-ARMEE-TERRORISTEN ZUSAMMEN-
GESCHLOSSEN HABEN SOLLEN, VERFOLGT
DAS ZIEL, DIE VOM UNTERGANG BEDROH-
TE MARSCH VOM BUNDESLAND SCHLES-
WIG-HOLSTEIN ABZUSPALTEN. ÜBER DEN
GENAUEN TATHERGANG WOLLTE DAS BUN-
DESKRIMINALAMT, DAS DIE ERMITTLUN-
GEN AN SICH GEZOGEN HAT, NICHTS VER-
LAUTBAREN LASSEN. NACH MITTLERWEILE
BESTÄTIGTEN ZEUGENAUSSAGEN SOLL ES
JEDOCH ZUM ZEITPUNKT DES ANSCHLAGS
ZU UNERKLÄRLICHEN HIMMELSERSCHEI-
NUNGEN IN FORM VON STROBOSKOPARTI-
GEN FARBBLITZEN ÜBER EINEM WINDPARK
GEKOMMEN SEIN. ZUDEM HABE MAN AUF
DEM BENACHBARTEN AREAL NAHE BRUNS-
BURENKOOG FÄSSER UNBEKANNTEN IN-
HALTS IN EINER DEPONIE SICHERGESTELLT,
DER BÜRGERMEISTER DER VON STARKER
ABWANDERUNG BETROFFENEN GEMEINDE
SPRACH DARÜBER HINAUS VON MEHRE-
REN LEICHENFUNDEN. BEI EINEM DER TO-
TEN SOLL ES SICH UM DEN BETREIBER DER
WOHNWAGENSIEDLUNG HANDELN, EIN
MANN, DER HIER NUR ALS „DER SCHMU-

SER" BEKANNT WAR. INWIEWEIT DIE GRAU-
SAMEN FUNDE MIT DER FEIGEN TAT ODER
DEN MYSTERIÖSEN NATURSCHAUSPIELEN
IN ZUSAMMENHANG STEHEN, WIRD IN
DEN NÄCHSTEN TAGEN ZU KLÄREN SEIN.
WIR HALTEN SIE HALBSTÜNDLICH AUF DEM
LAUFENDEN. HELGA HOLTHUSEN. FISCH-
KOPFSUPPEN-NEWS-LIVE. IHR STURM-UND-
WELLEN-RADIO ...

*Senderjingle. Erneut Country-Gedudel. Winston
macht das Radio aus.*

ELF. ABENDS.
WINSTON UND DAS STUMME MÄDCHEN

*Am Eingang des Trailer Parks. Die riesige Nabe und
das zerfetzte Rotorblatt eines geborstenen Windrades.
Daneben ein demolierter, auf seinem Dach wippender
Wohnwagen. Dilettantisch zu Barrikaden zusammen-
gezimmerte Holztafeln wie für eine Straßenschlacht.
Fleckige und blutige Kleidungsstücke, begraben unter
grotesk verbogenen Metall-Absperrgittern. Pflasterstei-
ne. Flaschen. Eine zerfledderte Spielzeugpuppe. Aus
vereinzelten Feuern im Hintergrund steigen Rauch-
schwaden auf. Winston in Filzpantoffeln. Wie er durch
diese Schneise der Verwüstung schlurft, hat man den
Eindruck, er wirkt entspannt und ganz bei sich. Jetzt*

hat er die letzte der rot blinkenden Baustellenlampen
ausgeknipst. Er spricht laut und deutlich, weil er die
Anwesenheit einer weiteren Person in der Kulisse be-
reits erahnt, noch ehe die Zuschauer sie zu Gesicht be-
kommen.

WINSTON Das Furchterregende an diesem Virus
ist, dass es an die Kehle und die Atemwege geht.
Wie der Gastod. Ein Alien, das zwar auf derselben
Erde entstanden ist wie wir, aber getrennt von uns
aus einer fremden Evolution kommt. Eine Kreatur
ohne Kopf und Intelligenz, die auf die bis dahin un-
bekannte Lunge des Menschen trifft.

Auftritt des stummen Mädchens. Wie aus dem Nichts
ist es mit ihrem Dreirad auf die Bühne geschossen,
kommt in einem sehr respektvollen Abstand zu Winston
zum Stehen. Der fährt, verfolgt von ihren musternden
Blicken, fort.

WINSTON Die Massen der Viren bilden sofort
Fraktionen. Zufälle und Mutationen wissen die
neuen Zellen natürlich zu täuschen, sodass sie sich
öffnen für den Balg, der als diensteifriges Molekül
vortanzt. Im Ergebnis ist das raffiniert. Wie der Wolf
im Märchen, der den Zicklein seine mehlbepuderte
Pfote zeigt und die ihn für die liebe Mutter halten.
Wie der Präsident mit seiner Mauer Flüchtlinge aus
Mexiko vom Eindringen in sein Land abgehalten

hat, baut dieses Virus nach seiner Landnahme hinter sich einen Wall aus Zellmaterial, damit nicht andere Viren in das üppige Paradies der Lungenzellen nachschießen. *Er betrachtet das Mädchen.* Ich habe viel über unsere Intelligenz nachdenken müssen, wenn es dort draußen solche Maskierungen in der Natur gibt. Bei Lebewesen ohne Köpfe. In deinem Alter hältst du die Fantasie sicher für einen Zufluchtsort. Aber sie ist ein Fluchttier, merk dir das. Sie liefert Fluchtgründe. Das hat dir der Schmuser sicher nicht erzählt?

Sie schüttelt den Kopf.

WINSTON Der hat dir die Fantasie ausgetrieben, was?

Sie nickt.

WINSTON Ob nicht der zweite Jupitermond mit seinem zehn Kilometer tiefen Ozean ein sicherer Hafen für uns Menschen wäre, wenn wir diese Erde unbewohnbar machen? Was meinst du? Wir könnten ihn Harmony Place nennen und zu einem besseren Ort machen als diesen hier.

Sie steigt vom Dreirad, kritzelt mit den Fingern grob etwas auf den staubigen Boden.

WINSTON *schaut ihr zu.* Wir könnten Unterwasserstädte bauen.

Sie malt weiter. Größer, ausladender und behände auf dem Boden rutschend.

WINSTON *schaut ihr angeregt zu.* Jules Verne würde heute so etwas entwerfen. Mit dieser Vorstellung fänden wir vielleicht etwas anderes, was uns rettet. Dazu brauchen wir nur die Lust, es uns vorzustellen. In Hamburg kippen sie die toten Fische bereits von den Balkonen in die Vorgärten der feinen Leute. Die Lust an der Anarchie lässt die Menschen in Gedanken über sich hinauswachsen. In den Köpfen gedeihen die prächtigsten Gärten Eden. Die Imagination arbeitet ja immer gegen den Terror der Fakten. Es ist menschlich, wenn einer die Frage nach der Wahrheit danach beantwortet, ob sie ihn glücklich macht. Ich glaube nicht an die Schwarmintelligenz der Utopien. Glück ist immer personalisiert, im Dialog nimmt es ab. Kennst du die Geschichte von dem Alchemisten und seinem Herrscher?

Sie stockt, blickt an ihm hoch.

WINSTON Der Alchemist war zum Tode verurteilt, wenn er seinem Gebieter kein Gold präsentierte. Also versuchte er verzweifelt, Gold zu gewinnen, hat stattdessen aber das Porzellan erfunden. Der Irrtum hat ihn gerettet und seinen König reich gemacht. Fantasie ist die Lehre von den Umwegen. An welcher Abzweigung aber lockt nun das Glück?

Sie heben beide ratlos die Schultern.

WINSTON In der Quarantäne kommen die Menschen zu sich und merken: Wir wollen nicht unglücklich sein. Es gibt einen Antirealismus des Gefühls. Es ist eine Mitgift des Menschen, dass seine Seele alles tut, um aus der Angst neue Angriffslust zu gewinnen. Was ist mit dir, wann bist du zuletzt fortgelaufen? Nach allem, was dir der Schmuser angetan hat?

Sie will etwas sagen. Öffnet den Mund. Ihr Körper beginnt in Schüben zu beben. Bei jedem Versuch verzieht sich das Gesicht zu einer Grimasse. Ein stummer Schrei.

WINSTON *mitfühlend* Das passiert, wenn eine Gefahr am Horizont übermächtig wird. Du leugnest sie lieber, anstatt sich ihr zu stellen. Wir sind in erster Linie Glückssucher. Dass wir Wahrheitssucher sind, nehme ich nicht an. Niemand stellt sich freiwillig diesen Schmerzen.

Beim Erzählen entdeckt Winston unter einem zerfetzten Pullover eine zerschlissene Kartonhülle, die er zuerst vorsichtig mit dem Fuß anstupst, dann ziemlich achtlos über die Bühne schlenzt: Das Plattencover von „Metals", das er nachfolgend verblüfft, schließlich voller Wehmut betrachtet, und von dem er jetzt leicht melancholisch eine dicke Ascheschicht pustet.

WINSTON Nellie wärmte es das Herz, wenn ich Täler geweitet und Berge versetzt hatte. Jetzt habe ich keine Kraft mehr, japanischen Wanderern Verheißungen zu schenken, das wirst du sicher verstehen.

Sie nickt.

WINSTON Diese Träumerin. Ein Leben als Exilantin. Es wird nicht einfach für sie gewesen sein, als man ihre Familie für diesen grässlichen Bombenanschlag in Sippenhaft genommen hat. Die Siebziger. Alte hanseatische Pfeffersäcke. Nono und Jehovah, der lange Arm der RAF, so etwas hinterlässt Schmauchspuren bis rauf ins feine Eimsbüttel. *Er zieht das Vinyl aus der Hülle, schiebt es wieder zurück.* Nicht dieses Hochhaus, sag ich noch, nicht diesen Verlag. Doch Nellie dachte, sie könnte die alten Dramen mit auf ihre Weltreise nehmen. Nach San Francisco. Washington. West Virginia. Im Kofferraum des weißen Toyota. Sie dachte, es würde sich über die Entfernung relativieren, das Nichtausgeräumte. Aber es hat sich nur potenziert in seiner Wirkung, wie naturheilkundliche Tinkturen, die dein Immunsystem Achterbahn fahren lassen, je stärker du sie verdünnst. Daneben schwellen auch unsere Schandtaten über Zeit und Raum an. Exponentiell, könnte man sagen, aber unterhalb einer kriminalistischen Nachweisgrenze, was es wiederum kompliziert macht, weil die Verbrechen im Verborgenen so unnatürlich aufgasen, dass sie sich am Ende auf keiner herkömmlichen Leinwand mehr ausmalen lassen. Nellie wollte, dass ich ein Diorama für sie male. Für diese chinesische Heuschrecke. In einem verlassenen Gasometer. Den Grand Canyon. In einem verrotteten Gasbehälter in Wuhan. Aber das Monströse entzieht sich der Kunst gerade dort, wo es entstanden ist. Der kreative Wahrnehmungsprozess findet einfach keine Maßstäbe für die kaum mehr zu beschreibende Bestialität. Das Missgestaltete. Diesmal sind sie zu weit gegangen. Mit dem Virus, diesem Kugelmonster aus einer anderen Galaxie. Die Geheimdienste. Das Militär. Bill Gates. Der Gemeindevorsteher von Brunsburenkoog. Sicher hast du davon gelesen - *Er schaut sie an. Sie senkt beschämt den Kopf.* Entschuldige, hätte mir auch denken können, dass du nicht lesen kannst, der Schmuser war sicher kein Idealist in Sachen frühkindlicher Pädagogik, hm? Jetzt aber profitierst du vom Zauber der Mündlichkeit. Kein Mensch wächst schriftlich auf, hat dir das noch keiner gesagt?

Sie schüttelt den Kopf.

WINSTON Ein Kind lebt von der Mündlichkeit. Lange bevor es in die Schule kommt. Lange bevor sich eine Persönlichkeit herausbildet. Am Anfang ist der Ton. Das ist sicher! Mit Helmut Schmidt ging es bergab, als er nichts mehr hörte. Keine Bach-Fugen, kein Gershwin. Nur tote Schachpartien am Brahmsee. Doch alle Vertrauensverhältnisse gehen über das Ohr. *Er geht vor ihr auf die Knie, legt ein Ohr an ihren*

Bauch. Ohrenkino, so hat Nellie über diese Hörspiele gespottet, die ich nie geschrieben habe. *Er hört konzentriert in das stumme Mädchen hinein.* Bereits im Bauch der Mutter hören wir als Embryonen unentwegt Töne. Der Klang der Därme und das Rauschen in den Adern. *Er steht auf, klopft den Staub aus der Hose.* Das ist, vermute ich, auch die Herkunft von Musik. Was ist, gibst du mir deine Hand? *Sie gibt sie ihm. Er betrachtet noch einmal das „Metals"-Cover.* Wir müssen uns beeilen, die Bluthunde haben die Fährte schon aufgenommen. Das Meer wird die durchweichten Deiche wegspülen. Die Flut wird die Meute nicht aufhalten.

Martinshorn, anschwellend. Blaulicht-Wellen, die über sämtliche Wände tanzen. Anschließend Stille. Nur ein Spotlight ist übriggeblieben. Das Mädchen und Winston im klar abgegrenzten Lichtkegel, dann Dunkelheit.

Ende

Über das Stück

Der Trailer Park als Todeszone. Die Delinquenten, die Nellie einst an Jehovah und dessen Vasall Nono verhökerte, müffeln wie verdorbenes Katzenfutter aus ihren Metallfässern. Korrupte Oligarchen und ölige arabische Scheichs haben zwar kräftig die Produktion ihrer Snuff-Videos angekurbelt, doch beim Thema Entsorgung meldet nur Nellies Ehemann Winston Zweifel am florierenden wie übelriechenden Geschäftsmodell der alten Studienfreunde an. Bis Ende der Siebziger hat das linksliberale Quartett vor dem amerikanischen Kapitol für Gleichberechtigung und gegen Rassismus gestritten, jetzt haben es die Kinder der Political Correctness und die Mütter von Cancel Culture aufs Abstellgleis eines runtergerockten Wohnparks in Dithmarschen gesetzt.
Bereits in dem Stück „Harmony Place" waren alle Werte bildenden Prinzipien auf dem Hinterhof der amerikanischen Gesellschaft über Bord gegangen, jetzt hat der Autor seiner Allegorie über die Schönheit von Schuld ein norddeutsches Update aufgespielt und die Pflöcke des sozialen Raubbaus irgendwo zwischen Nordsee, Eider und Elbe eingeschlagen: „Terrence McNally tanzt keinen Tango mit toten Fischen auf Balkonen" verortet den glo-

balen Klimawandel in den ländlichen Raum, entfesselt dabei die spalterischen Kräfte einer schleswig-holsteinischen Separatistenbewegung und verhandelt ein hanseatisches Rote-Armee-Trauma als imaginierte Groteske selbstredend mit. Während die zu bluttriefenden Darkrooms in Wellblechbauweise umfunktionierten Airstream-Ruinen hier langsam zwischen den Kögen, Deichen und Entwässerungskanälen eines verlassenen Westerndorfes abzusaufen drohen, bespielt sie das Personal im Schatten futuristischer Windparks und unter dem Phlegma prekärer Lebensverhältnisse letztmalig als Druckkessel von patriotischen Debatten und völkischen Ausgrenzungsfloskeln.

Die kompromittierenden Nacktaufnahmen, die Nellie von Winston online stellt, sind der jüngste Hit in ihrem Familienblog. Der einstige Hochschulprofessor wiederum schlachtet die expressionistischen Landschafts-Panoramen, die er selbstausbeuterisch für eine chinesische Heuschrecke koloriert, als pathetische Messen fürs eigene Seelenheil aus: Kunst als Mittel zum Zweck, und als ein Therapeutikum, sich von den Qualen seiner pädophilen Störung zu befreien.

Thomas Herget knipst in seiner schrillen und schwarzen Komödie über offene Neurosen und verborgene Heimatgefühle nie wirklich das Licht an.

Erst in der Erniedrigung und im Töten erfährt das Personal, dass es lebt. Jedenfalls sorgt das rituelle Menschenschlachten in diesem Drama, das seine Entstehung dem vom Ohnsorg Theater initiierten Autorenwettbewerb „Große Freiheit Schreiben" im Jahr 2021 verdankt, für ein bizarres Revival des authentischen Wirgefühls in den Grenzen der Metropolregion Hamburg. Die Konfektionierung des leidvollen Sterbens für den digitalen Weltmarkt ist den Zynikern ihr Handwerk, die Ästhetisierung des Hinscheidens das Ziel. Weil die sittlichen Korrektive im Nachgang der US-Präsidentenwahl auch in der plattdeutschen Überschreibung nicht mehr verfangen, stellen sich in der fiktiven Gemeinde Brunsburenkoog gleichwohl die Dämonen einer dräuenden RAF-Vergangenheit in den Weg, die es kaltherzig abzuräumen gilt. Doch erst wenn Außerirdische die Geest unter ihre Kontrolle gebracht haben und neue Zeiten angebrochen sind, können die Messer am Nord-Ostsee-Kanal begraben werden.

Am Ende wird ein stummes Mädchen aus den Fängen des sadistischen Parkbetreibers befreit sein, aber sie wird ihr Leben unter dem potentiellen Kinderschänder und Ex-Terroristen Winston erdulden müssen. Auch das ist die zermürbende Tragik dieses absurden Theaters am Ende der Kanzlerinnen-Ära

Merkel: Dass es in den hellen Momenten mit der Verheißung auf Glück und innere Einkehr spielt, die Erlösung aber eine Chimäre bleibt.

Synopsis

Winston hatte den Braten längst gerochen. Irgendwann wurde der Leichengeruch, der den Tonnen hinter Jehovahs und Nonos rollender Behausung entstieg, schier unerträglich. Was der unehrenhaft geschasste Hochschulprofessor und schwach bekennende Pädophile anfangs erahnt, wächst sich schnell zur Gewissheit aus: Ehefrau Nellie versorgt das homosexuelle Pärchen von gegenüber seit geraumer Zeit mit geschmuggelten Todeskandidaten aus dem benachbarten Staatsgefängnis. Langsam werden die bestialischen Snuff-Videos der beiden Buddys nicht nur zum Stresstest für Nellies Serverpark, über den die ehemalige Lektorin ferner den unappetitlichen Familienblog hinter einer Bezahlschranke eingerichtet hat, sondern zur blutigen Belastungsprobe für eine symbiotische Paarfreundschaft. Einst postulierten die vier Studienfreunde ihre Ideale direkt vorm amerikanischen Kapitol, jetzt schleppen sie sie als fahle Lippenbekenntnisse durch ihre angestammte norddeutsche Heimat - ideologischer Ballast und verschwörerisches Marschgepäck zugleich. Hier, in der wie aus der Zeit gefallenen Polderlandschaft von Dithmarschen, poppen die liberalen Gesten der verstrahlten Hedonisten allenfalls noch als sektiererische Leerformeln zu pervertierten Geschäftsmodellen auf.

Thomas Herget hatte die postmoderne Perspektivlosigkeit, die schon seine früheren Dramen durchwirkte, in „Harmony Place" endgültig als Gesellschaftsphänomen in ein traumatisiertes Amerika von heute eingeschrieben. Inzwischen haben die raubtierkapitalistischen Fliehkräfte die soziale Verelendung immer weiter in das Ghetto eines geisterhaften Trailer Parks ventiliert, wo ein rasiertes Bildungsbürgertum in endzeitlichen Allegorien seine konspirative Selbststilisierung unterhalb des Meeresspiegels betreibt. Es ist ein Schauerstück über die eigene Auslöschung, das das Quartett unter der Regie des sadistischen Wohnparkbetreibers, der zudem in die Rolle eines hippen Satans geschlüpft ist, hier final gibt. Das verrottete Westerndorf nahe der fiktiven Gemeinde Brunsburenkoog bietet schon räumlich wenig Gelegenheiten zur Flucht, dafür gehen vor dystopischer Kulisse sämtliche Phantasien auf Weltreise, weil sich die Figuren bestenfalls in der aufgehübschten Wirklichkeit eines fiktionalen Schauspiels über den Weg trauen. Am Ende wird man zwar den Pakt mit dem Teufel ausschlagen, die Schuld freilich weiter zementieren. In diesem surrealen Setting findet das Personal höchstens noch die Kraft, sich selbstmitleidig zu hinterfragen, woher das Böse kommt und was passiert, wenn die Schöpfung den Menschen verstoßen wird.

In „Terrence McNally tanzt keinen Tango mit toten Fischen auf Balkonen" spiegelt sich die Katerstimmung am Katzentisch zur US-Präsidentenwahl 2020 kongenial im vollgelaufenen Schwemmland von Schleswig-Holstein wider. Hier zeigt sich jene einst elaborierte Clique, die dem Aufstiegsversprechen der Bitcoin-Glücksritter blind vertraute und sich nun intellektuell und körperlich im Sinkflug befindet, desillusioniert von zerschossenen Lebensentwürfen und umzingelt von rostenden Airstream-Klitschen. In Sichtweite von durchweichten Deichen, fauligen Sielen und moderigen Schöpfwerken haben alle den Glauben an sich selbst und jeder den Kontakt zur übrigen Welt verloren. Wer nach unten auskeilt, der spürt bereits den Schmerz der Ohnmacht im Stiefeltritt der nächsthöheren Instanz. Aber die Geröllhalde des einen ist immer auch die Sprungschanze für den anderen. So wird das gewerbsmäßige Foltern und Töten gleichwohl zu einer systemrelevanten patriotischen Überlebensstrategie in pandemischen Zeiten, für die der Autor eine lakonische Sprache findet, wenn er die ausufernde Brutalität plastisch überhöht und somit zum sprachlichen Normativ des Culture-Clash erklärt. Denn gelebt wird im Grunde nur noch vom Sterben, und weil an der Schlachtbank dieser einst bewunderten Demokratie längst für die Werkbänke der übrigen unfreien Welt produziert wird, liefert der Auftritt des stummen Mädchens am Ende des Stücks zumindest die Aussicht auf ein kurzes moralisches Innehaltens. Wenn das Böse und das Gute keinen Sinn mehr ergeben, sollte dann nicht die Motivlosigkeit selbst zur Kunst- und neuen Lebensform erhoben werden? Zu einem letzten Zufluchtsort? Nur, wo sollte der sein?

In der Widersprüchlichkeit der Figuren, der Unschuld ihrer Gedanken und der Hässlichkeit der Orte zeigt das Böse seine Fratze, gleichzeitig verbergen sich in den skurrilen Betrachtungen über das platte Land - ganz so, wie wir es von Herget gewohnt sind - eine groteske Schönheit und eine darüber hinausgehende Wahrheit.

FSC
www.fsc.org

MIX

Papier aus ver-
antwortungsvollen
Quellen
Paper from
responsible sources

FSC® C105338